부검 스페셜리스트

부검 스페셜리스트 4

가프 현대 판타지 소설

초판 1쇄 찍은 날 § 2020년 4월 23일
초판 1쇄 펴낸 날 § 2020년 4월 30일

지은이 § 가프
펴낸이 § 서경석

총괄팀장 § 노종아
편집책임 § 박현성
디자인 § 소소연

펴낸곳 § 도서출판 청어람
등록번호 § 제387-1999-000006호
등록일자 § 1999. 5. 31
어람번호 § 제1-3045호

주소 § 경기도 부천시 부일로 483번길 40 서경B/D 3F (우) 14640
전화 § 032-656-4452 팩스 § 032-656-4453
http://www.chungeoram.com
E-mail § chungeorambook@daum.net

ISBN 979-11-04-92184-1 04810
ISBN 979-11-04-92151-3 (세트)

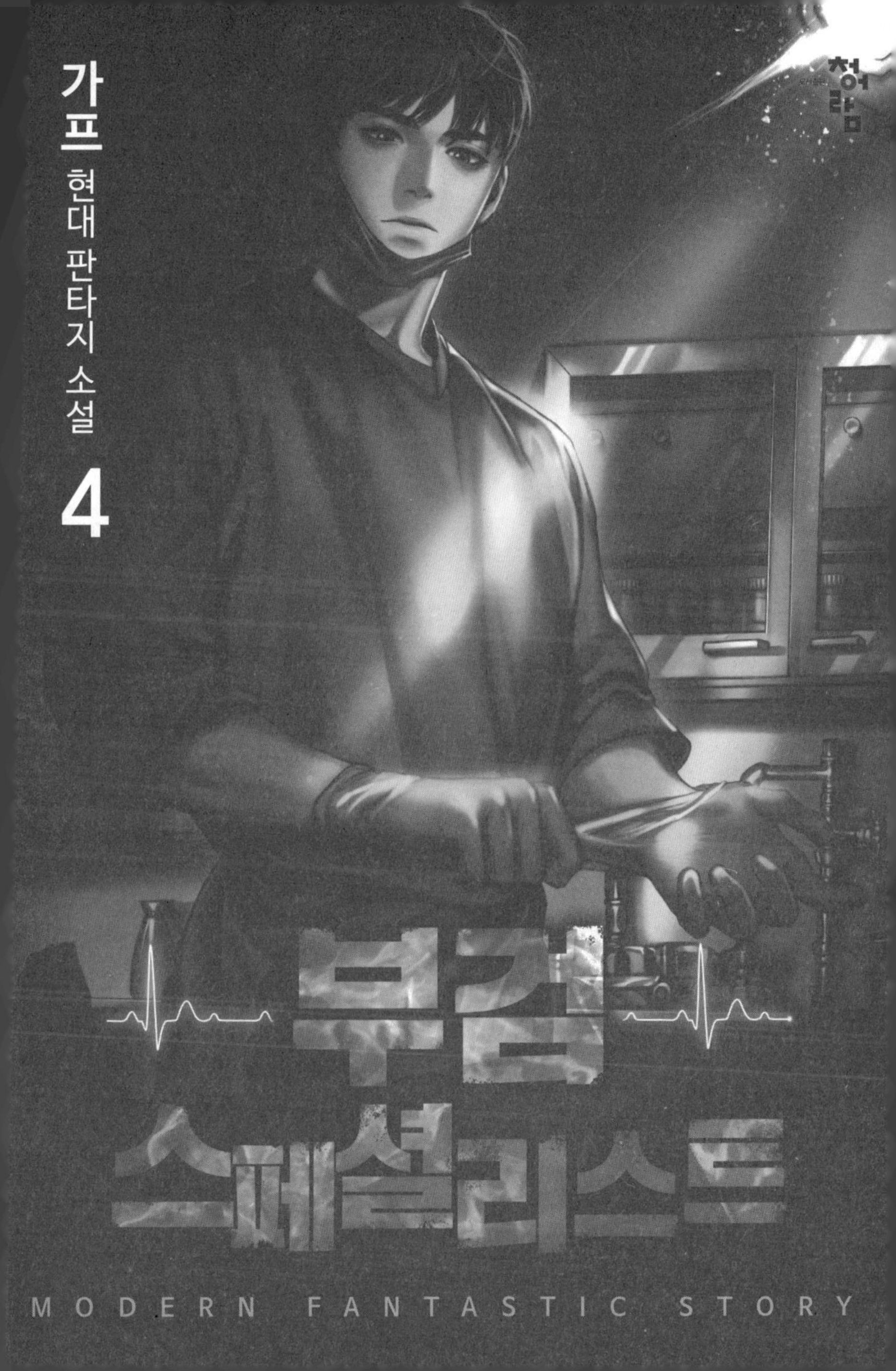
가프
현대 판타지 소설
4
부검
스페셜리스트
MODERN FANTASTIC STORY
청어람

부검
스페셜리스트

목차

주1
이 글은 '픽션'입니다. 오직 '소설'로만 읽어주시기 바랍니다.

주2
부검 결과는 통상 수일에서 몇 달까지 걸립니다만 스피디한 전개를 위해 부득 단축하고 있는 점을 참고 바랍니다.

주3
국과수 법의관들이 경찰 등에서 의뢰한 부검에 치중하는 데 비해 미국 검시관들은 부검+현장조사, 지휘까지 겸하고 있습니다. 작품 속에서는 작가의 편의상 국과수 법의관을 '검시관'으로 표기하고 있음을 양해 바랍니다.

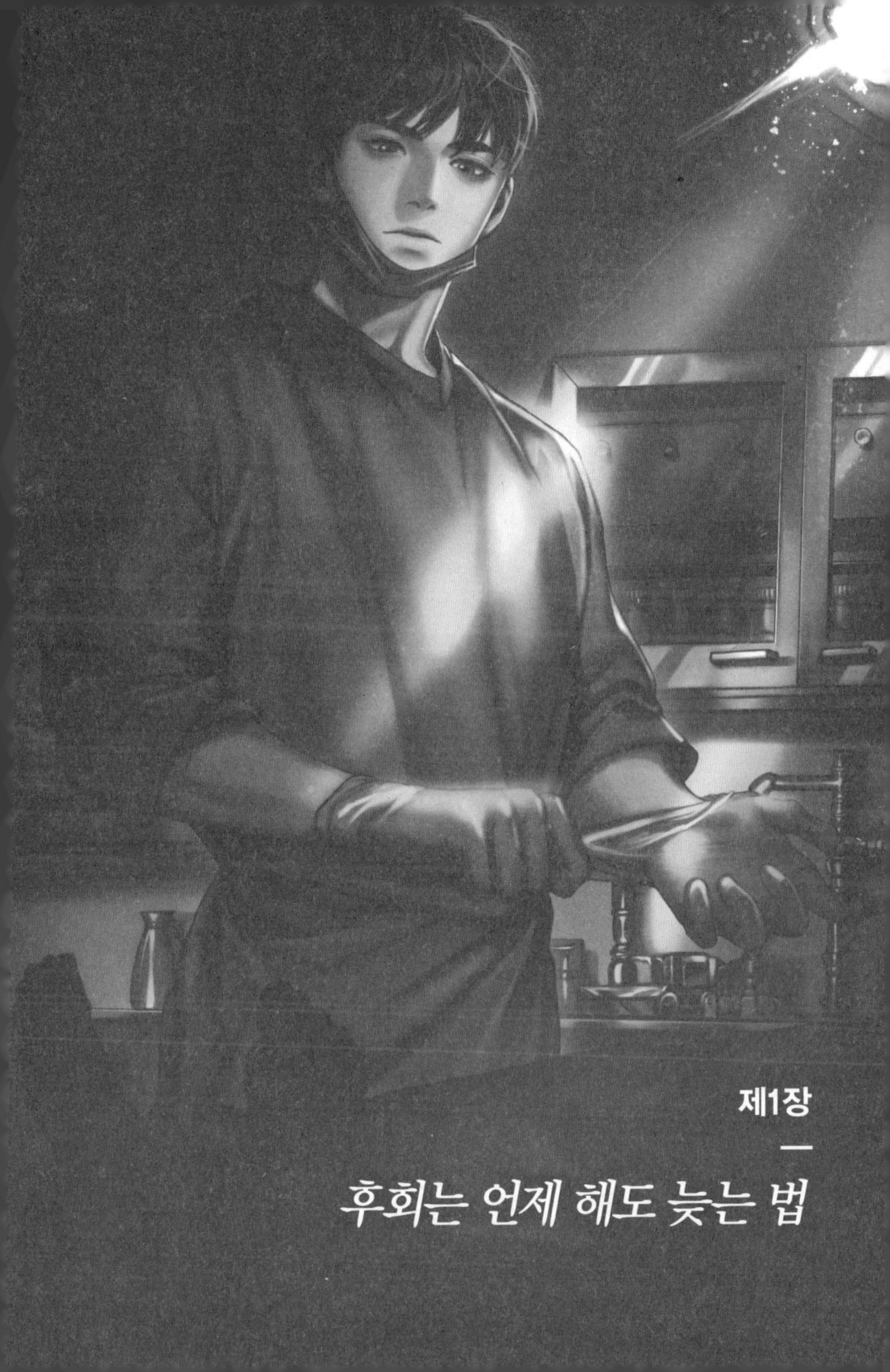

제1장

—

후회는 언제 해도 늦는 법

“엇, 이 선생.”

마지막 부검에 돌입하던 피경철이 화들짝 놀랐다. 부검복 차림의 창하가 원빈을 데리고 등장한 것이다. 원장에게 부검 보고를 끝낸 직후였다.

“이제 좀 쉬세요. 이거, 제 몫의 부검이라던데요?”

창하가 피경철을 밀었다.

“이거 왜 이래? 이건 내 부검이야.”

“오늘 하루만 네 건… 이것까지 다섯 건인데 잘하면 올해 600 부검 돌파하시겠어요. 그럼 과부하 걸리십니다.”

“그까짓 것 다 합쳐야 오늘 이 선생이 고생한 한 건만 하겠어? 그 부담이 얼만데?"

"제 부검 소식은 들으셨죠?"

"그야 당연하지."

피경철의 얼굴이 활짝 펴졌다.

"그럼 축하의 의미로 이 정도 양보할 수 있는 것 아닙니까?"

"이 선생……."

"보아하니 어려운 부검도 아닌 것 같은데 얼른 가셔서 샤워하고 퇴근 준비 하세요. 우리 우 선생님, 천 선생님, 유 선생님이 마중 왔길래 선생님 단골인 정종집에서 한턱 쏜다고 약속했거든요. 그러니 피곤하셔도 저희 좀 안내해 주셔야겠어요."

"이 선생……."

"예약 좀 부탁드립니다. 그 집에 빈자리 없으면 제가 곤란하거든요."

피경철을 밀어내고 부검에 임했다. 몸도 마음도 가뜬한 탓인지 메스가 기막히게 먹혔다. 사인도 어렵지 않게 나왔다. 이 부검의 사인은 카페 코로너리 증후군이었다. 늦은 밤의 닭고기 요릿집, 내실에서 혼자 옻닭을 먹던 손님이 사망한 사건이었다.

—특이 알레르기.

—관상동맥경화증.

—뇌출혈.

—카페 코로너리 증후군.

창하의 예상은 넷이었다. 옻닭을 먹던 중이니 알레르기에 의한 급사일 수 있었고 급사이니 관상동맥과 뇌 이상을 빼놓을 수 없었다. 하지만 심장과 뇌는 멀쩡했다. 사인은 인후두에 걸린 커다란 닭 살이었다. 고기를 먹던 중에 음식이 걸려 사망한 것이다.

찰칵!

카메라가 돌아갔다.

카페 코로너리 증후군은 미국에서는 제법 흔한 경우에 혹한다. 기전은 후두개 때문이다. 사람이 숨을 쉬면 후두개가 열려 기도로 공기가 통한다. 하지만 음식을 먹을 때는 후두개가 닫혀 음식이 기도로 들어가는 걸 원천 봉쇄 해준다. 그런데 후두개가 열려 있는 상태에서 음식을 호로록호로록 흡입해 버리면 기도로 잘못 들어갈 수 있다. 이런 경우 사망에까지 이르는 것이다.

이 증후군은 딱히 고기에서만 발생하는 게 아니다. 삶은 계란도 그렇다. 명절 때 주로 먹는 떡도 요주의 식품이다.

그렇다면 음식이 목에 걸리는 것만으로 왜 사람이 사망에 이르는 걸까? 첫째는 기도 폐색으로 인한 호흡장애를 들 수 있다. 숨 막혀 죽는다. 둘째는 부교감신경의 과도한 항진으로 인한 심장정지가 꼽힌다. 이를 미주신경 반사라 이른다.

"부검 종료합니다."

사인 도출과 함께 부검을 끝냈다.

"선생님."

수아가 피경철을 모시고 나왔다. 원빈과 광배도 다시 합류했다.

"먼저 가세요. 따라갑니다."

창하가 소리쳤다.

혼자 남은 창하는 제2부검실을 보고 있었다. 거기 권우재가 있었다. 창 너머로 보니 거의 끝나갈 시간. 그가 나오자 꾸벅 인사부터 했다.

"이 선생?"

다른 때와 달리 굉장히 멋쩍게 웃는다.

"혹시 저녁 약속 있으세요?"

"나? 아니……."

"그럼 제가 잠깐 모셔도 될까요?"

"나를?"

"피 선생님이랑 저희 어시들, 거기에 애교쟁이 유수아 선생까지 뭉쳐서 한잔하려고요. 선생님도 저 때문에 고생하셨으니 가시죠."

"아니야. 내가 낄 자리가 아닌데 뭘……."

"왜요? 선생님은 국과수 직원 아니세요?"

"그런 건 아니지만……."

"그러지 말고 가세요. 다들 선생님이 오늘 고생 많았다고 하더라고요."

창하가 권우재의 등을 밀었다. 사회생활을 하다 보면 처음에 살갑지 않은 사람이 있다. 그러나 끝까지 그렇게 지낼 필요는 없다. 권우재는 뒷구멍으로 호박씨 까대는 지한세보다는 나았으니 기회가 왔을 때 벽을 허물려는 창하였다.

"아, 알았어. 대신 나는 딱 한 잔만 하고 간다."

권우재가 창하의 콜을 받아들였다.

*　　　*　　　*

"어, 권 선생?"

먼저 와서 자리를 잡고 있던 피경철과 직원들, 권우재가 들어서니 눈이 휘둥그레졌다.

"뭐 하세요? 박수로 환영하지 않고?"

창하가 원빈과 수아에게 눈짓을 보냈다. 둘이 먼저 박수를 치자 광배와 피경철도 뒤를 이었다.

"우리 이 선생이 세긴 세군. 권 선생을 여기로 데리고 오다니."

피경철이 권우재에게 잔을 건네주었다.

"그럼 권 선생님도 여기 아세요?"

자리를 잡으며 창하가 물었다.

"피 선생님 따라서 한두 번……."

권우재가 말끝을 흐린다. 술 한잔 들어가면 뻘쭘한 분위기가 풀릴 것 같아 창하가 먼저 달렸다.

"오늘 저 응원해 주셔서 고맙습니다. 오늘은 제가 팍팍 쏠 테니 건배 한번 하세요."

"와아아, 좋아요."

"건배."

수아와 원빈이 분위기를 맞춘다. 창하의 전략은 성공이었으니 정종 세 잔이 돌자 권우재의 어색함이 떨어져 나갔다.

마무리는 셋이 했다. 창하와 피경철에 권우재… 나머지는 셋을 위해 자리를 비켜주었다.

"권 선생님."

창하가 다시 정종 병을 들었다.

"이 선생……."

"그동안의 일들은 다 제 불찰입니다. 선배님 한 분, 한 분을 성심껏 모셨어야 했는데 그러지 못했습니다."

겸허.

그것으로 권우재를 녹이고 들어갔다.

"무, 무슨 말이신가?"

"그간 부족했던 점들 이 술 받고 다 잊어주시기 바랍니다. 앞으로는 성심껏 모시겠습니다."

"이 선생……."

"부탁드립니다."

술병을 든 창하의 표정은 더없이 진솔했다.

"아, 그 사람. 나 같으면 그러세 하고 넙죽 받겠네만……."

옆자리의 피경철이 지원사격을 날린다.

"선배님도, 제가 염치가 없어서 이러는 거 아닙니까?"

권우재 이마에 진땀이 서렸다.

"그러니까 받으라고. 나도 잔이 비었어요."

"……."

"……."

"그러죠. 솔직히 나도 이 선생 좋아합니다. 요즘 저 실력에 누가 국과수 지원하겠어요? 하지만 제가 괜한 가오가 있다 보니… 에이, 한 잔 주시게. 나도 국과수 에이스 술 좀 받아보자고."

에이스.

그 말에서 빈정이 사라졌다. 권우재의 잔을 넘치도록 따라주었다. 피경철의 잔도 그 뒤를 이었다. 그 잔 역시 가득이었다.

"고맙습니다. 이렇게 포용해 주셔서……."

"별말을… 그간 괜한 시기를 한 것 같아서 면목이 없네. 게다가 송 교수와 지 선생의 일까지… 이거 선배랍시고 텃세 부리던 게 부끄러워 견딜 수가 없다니까."

"선생님들 정도면 훌륭한 선배님들이십니다. 앞으로의 부검

세계에서도 제 길잡이가 되어주시기 바랍니다."

"아이고, 이 선생. 이거 사람이 아주 진국이네. 내가 눈알이 삐었지. 자자, 내 술도 한 잔 받아."

잔을 비운 권우재가 창하 잔을 채웠다.

챙!

세 마음이 허공에서 만났다. 창하에게는 낮에 부검으로 올린 쾌거 못지않게 뿌듯한 순간이었다. 같이 일하는 사람과의 신경전. 차마 불편한 일이기 때문이었다.

비 온 후에 땅이 굳는 법.

창하의 국과수 영토는 서서히, 그러나 강철처럼 단단하게 넓어지고 있었다.

디롱띠롱!

대리를 불러 귀가하던 때, 창하 핸드폰이 울렸다. 장혁이었다.

—선생님, 지금 설마 부검 중인 거 아니죠?

"아뇨, 검사님은 바쁘신가 본데 저는 국과수 직원들과 술 한잔하고 돌아가는 길입니다."

—많이 취하셨습니까?

"아뇨, 몇 잔 마시지 않았습니다."

—그럼 검찰청으로 좀 오실 수 있겠습니까?

"지금요?"

—송 교수 말입니다. 수감될 예정인데 그 전에 선생님을 한 번 뵙게 해달라는군요.

"저를요?"

—부검 조작 제보자가 선생님이라는 건 말하지 않았습니다. 그런데 이 사람도 촉이 있나 보네요.

"분위기는요?"

—체념에 자포자기죠. 조민수의 자백에 이어 조경수의 자백도 나왔습니다. 인수현의 마약 주사를 도왔고, 그녀가 죽자 살인죄를 뒤집어쓸까 두려워 송대방에게 자문을 구하고 사례를 했다는 취지… 최고형을 피하기 위한 잔머리지만 그래도 실형을 면하지는 못할 겁니다.

"지금 가죠."

창하가 전화를 끊었다. 대리 기사가 붙은 차는 그 머리를 검찰청으로 돌렸다.

송대방.

그렇잖아도 한 번은 보고 싶던 참이었다.

딸깍!

조사실 문이 열렸다.

"들어가시죠."

장혁이 안을 가리켰다. 창하가 들어서니 문이 닫힌다. 장혁은 따라 들어오지 않았다.

안에는 송대방 혼자였다. 그가 우묵하게 창하를 바라보았다.

"내 집은 아니지만 앉게."

그가 빈 의자를 가리켰다.

"괜찮습니다."

의자를 사양했다. 송대방과 눈높이를 맞출 기분은 아니었다.

"그날… 우연이 아니었어."

"……."

"인턴과 수련의들이 다 뻗대던 그날 말일세. 황나래 부검……."

"……?"

"그 전날 꿈을 꾸었다네. 황금으로 가득한 방에 들어서는 꿈… 나는 금덩이가 생기는 길몽으로 생각했었지."

송대방의 미소가 허전했다. 그랬을 것이다. 그 대가로 받은 뺑튀기 펀드, 기타 등등 드러난 금품과 각종 연구 지원들…….

"이제 생각하니 금덩이가 아니라 똥 덩어리였네. 내 모든 것을 박살 내는 똥 덩어리……."

"……."

"자네가 미궁 살인마 부검을 할 때 나는 가슴이 두 번 철렁거렸네. 어쩌면 오늘을 예감한 영감이었겠지. 자네의 빛나는 부검 솜씨와 나의 절망감……."

"……."

"처음부터 알아차렸던 건가?"

"……."

"끝까지 숨길 필요 없네. 자네가 아니면 누가 이 일을 눈치챘겠는가? 다른 검시관들이라면 심증은 가도 증거는 찾지 못할 일. 게다가 이렇게 큰 판을 벌일 자신도 없었을 테니까."

"……."

"그때 자네를 데려가지 말았어야 했는데……."

"교수님."

듣고 있던 창하가 입을 열었다.

"말하시게."

"교수님이 할 일은 후회가 아니라 뼈를 깎는 반성이어야 합니다. 덕분에 지금 국과수 검시관 전체가 의심의 눈총을 받고, 사기까지 바닥입니다."

"반성……."

"제가 병원 근무할 때 가짜 진단서 소동이 일었던 적 있습니다. 결국 경찰 수사까지 있었고 해당 의사는 집행유예까지 받았었죠?"

"……."

"산 사람에게 가짜 진단을 떼어주는 것도 그럴진대 교수님은 하물며 죽은 사람에게 가짜 진단서를 떼어준 셈입니다."

"……."

"사람을 두 번 죽인 일이란 말입니다."

"이 선생……."

"그래도 검시관으로 살았고, 그 타이틀을 바탕으로 대학교수의 영예까지 누렸던 사람이라면 적어도, 그 필드에 계신 모든 분들의 명예를 더럽힌 행동에 대해 반성해야 하는 것 아닙니까?"

"검시관……."

"저를 부른 목적이 그것입니까? 이 사건이 누구로부터 비롯되었는지의 확인?"

"왜 아니겠나? 이제 나는 파멸이네."

"그렇다면 감히 말씀드리죠. 당신의 파멸이 누구로부터 비롯되었겠습니까? 바로 당신 자신입니다."

"……?"

"당신의 욕망과 탐욕, 그 헛된 것들이 정권의 추악함과 손을 잡으면서 시작된 일 아닙니까?"

"……?"

"당신이 시작하지 않았으면 애당초 없었을 일입니다."

"이창하!"

"그래도 마지막에는 자신을 돌아볼 줄 알았는데 실망이네요. 여전히 그 마음속에는 당신 자신밖에 들어 있지 않습니다."

"……."

"솔직히 제가 여기 온 건 다른 이유 때문입니다."

"이유?"

"방성욱 과장님 아시죠?"

"방성욱?"

돌연한 질문에 송대방의 눈빛이 튀었다.

"과장으로 재직하던 때 들어간 부검실에서 에볼라 감염으로 사망. 교수님이 퇴직하고 얼마 후의 일이었죠?"

"그게 왜?"

"한국에서 에볼라라… 굉장히 의아해서요. 그리고 이 부검은 어째서 방 과장님이 맡게 되었을까요? 혹시 아는 거 없으신가요?"

"무슨 뜻인가?"

"특별한 뜻은 없습니다. 제 호기심이죠."

"소문은 들었지만 나는 모르는 일이네."

송대방이 선을 그었다.

"그렇죠. 오래전 일이고… 대개 교수님 나이쯤 되면 기억력이 흐려지는 때죠. 그래서 말인데… 혹시 이걸 보시면 기억에 도움이 될까요?"

부스럭, 창하가 메모 한 장을 꺼내놓았다.

"……!"

그걸 본 송대방이 격하게 소스라쳤다.

"이것……."

그의 어깨가 미친 듯이 떨린다. 메모에 적힌 것은 그의 또 다른 부검 조작 건들이었다. 모두 여섯 건. 장혁의 검찰이 파악하지 못한 또 다른 치부들이었다. 물론 엄청난 사건들은 아니었다. 그렇기에 장혁에게 공개하지 않았다.

하지만 송대방에게는 치명타가 될 수 있었다. 지금까지 밝혀진 건 굵직한 것만으로 세 건. 여기에 이 여섯 건이 올라가면 10여 건으로 불어난다. 세 건과 10여 건이 주는 뉘앙스의 차이는 하늘과 땅이 되는 것이니 습관성 내지는 부검 조작 전문의 낙인이 찍히게 되는 것이다.

"검찰에서는 아직 모르는 자료들입니다."

"……."

"그래도 생각나지 않으십니까?"

"방성욱……."

"……."

"자네와 어떤 관계인가? 설마 부친은 아닐 테고?"

"최고의 해부학자 갈레노스 못지않게 존경하는 사람입니다. 미궁 살인 도구 또한 그분의 테크닉을 연구해서 찾아낸 거고요."

"……."

"그럼 이 자료는 이 검사에게 넘겨야겠군요."

"잠깐."

송대방이 창하의 손을 잡았다.

"기억나시나요?"

"아니, 나는 당시 이미 국과수를 떠났기에 그 사건에 관여하지 않았네."

"그럼 누가 관여를 했을까요?"

"어쩌려는 건가?"

"아무것도… 단지 어떻게 그 유능하신 분이 에볼라에 감염되었는지 궁금할 뿐이라서……."

"구병우 원장."

"……?"

"그 친구가 알 걸세. 그 이상은 나도 몰라."

"본원 원장님 말씀입니까?"

끄덕!

송대방은 고갯짓으로 답을 대신했다. 창하와 마주친 눈빛, 애처로울지언정 교활하지는 않았다. 그가 누르고 있는 손을 가만히 빼냈다. 메모지는 건드리지 않았다.

후회는 언제 해도 늦는 법.

그대로 돌아섰다. 송대방이 메모지 삼키는 소리 따위는 듣지 않았다.

구병우 원장.

창하 머리에 남은 건 그뿐이었다.

제2장

—

인간 말종 때려잡기

일주일 동안, 대한민국 인터넷이 펄펄 끓었다. 조경국 부자로 비롯된 정계 재편이 발단이었다. 유력 대권주자 하나가 나가떨어지자 정계는 폭풍 속으로 들어갔다.

나아가 화수분처럼 솟아나는 그들 부자의 치부들. 황나래 사건은 일단락되었지만 그들의 여성 편력 폭로는 차라리 시작인 셈이었다. 물 만난 여성단체들이 규탄 집회를 여니 성추행이라고 보기 어려운 것들까지 미투 위에 쌓여갔다.

국과수도 며칠 진통을 겪었다. 이번 사건의 진앙지가 되었던 셈이니 당연히 후폭풍이 있었다. 하지만 빠르게 안정을 찾았다. 지한세가 구속된 만큼 부검 업무가 늘어났지만 피경철과 권우재에 창하가 합심하니 큰 애로는 없었다. 그렇게 되자 소예나와 길관민도 팔을 걷고 나섰고 백 과장도 하루 1건의 부검을 자처하고 나섰던 것.

그런 국과수였지만 오늘은 다시 펄펄 용광로가 되고 있었다. 고맙게도 국무총리의 방문이 예정된 것이다.

하늘이 먹물처럼 흐린 날, 첫 부검을 마친 창하가 디지털 분석실에 들렀다. 수아의 책상이었다.

"선생님."

화면에 집중하던 수아가 고개를 들었다.

"방해되는 거 아니죠?"

"절대요. 앉으세요."

수아가 간이 의자를 당겨놓았다.

"이틀 전에는 죄송했어요. 갑자기 외부 약속이 생기는 바람에……."

창하가 음료 한 병을 꺼내놓았다. 이틀 전은 그녀와 약속이 된 날이었다. 그녀가 찾은 미궁 살인 CCTV 단서를 확인하기고 했던 것. 하지만 퇴근 시간 전에 갑작스러운 전화가 오면서 부득 약속을 깨게 되었다. 전화를 건 사람이 국무총리였기 때문이었다.

그날 창하는 검찰총장에 이어 총리를 만났다. 황나래 사건에는 검찰총장의 결단이 있었다. 그러나 그 결단의 동력은 국무총리였다. 그날 들은 얘기지만 조경국의 구속을 놓고 국무

회의에서도 말이 나왔다고 한다. 법부장관을 비롯해 청와대 등이 정치 파장을 우려해 수사 중단 의사를 밝혔지만 총리가 밀어붙였다.

“대한민국 안에서는 누구도 탈법적인 권리를 누려서는 안 된다고 생각합니다.”

그 말이 결국 법무부 장관을 눌렀던 것.

“든든합니다.”

그 자리에서 나온 총리의 치사였다.

“내가 도울 일은 없나요?”

자리를 털고 일어설 때 총리가 물었다. 창하의 대답은 주저가 없었다.

“이번 사태로 국과수 검시관들의 사기가 저하되어 있습니다. 총리님께서 격려해 주시면 활력이 될 것으로 생각합니다.”

그게 바로 총리 방문의 계기였다.

“선생님이니까 이해합니다.”

수아가 웃어넘겼다.

“그래도 마음은 여기 오고 싶어 죽을 뻔했습니다. 어제도 부검 현장 출장이 늦는 바람에 오지 못했고…….”

“아, 그 건… 사인은 찾으셨어요?”

“베개 때문이더군요.”

“베개요?”

"이분이 심장비대였는데 베개가 너무 푹신했어요. 술에 취한 채 뒤척이다 보니 베개에 묻힌 거죠. 베갯잇을 조사하니 타액 분비가 많았습니다."

"우와, 푹신한 베개 조심해야겠네요. 수면 중 급사 피하려면……."

"보통 사람은 괜찮겠지만 심비대나 부정맥이 있는 분들은 위험할 수 있어요. 특히 술을 많이 먹은 날은……."

"세상에… 베개 때문에……."

"코를 많이 고는 사람도 음주가 위험하긴 마찬가지입니다. 음주가 과도하면 호흡중추에 과부하가 걸려요. 정상인들은 수면무호흡이 발생하면서 체내 혈중 산소 농도가 떨어지면 호흡중추가 알아서 리셋을 해주지만 코골이에 과다 음주라면 그 작용이 일어나지 않을 수 있으니까요."

"멋지다. 저도 검시관 될 걸 그랬어요."

"저는 유 선생님 일이 더 멋져 보이는데요? 깨끗한 책상에 앉아서 파일만 만지면 되니……."

"어우, 선생님. 컴퓨터가 알고 보면 시신보다 더 구려요. 특히 범죄에 쓰인 파일들… 겉보기는 어떨지 몰라도 악취에 구토까지 난다니까요."

"흐음, 그럴 수도 있겠군요."

"됐고요, 숙제 내주신 화면이에요. 보세요."

수아가 엔터키를 눌렀다. 그러자 미궁 살인 현장 하나가 떠올랐다.

“세 번째 희생 장소 주변의 CCTV인데요, 여기요, 여기 이 장면…….”

수아가 화면을 가리켰다.

“……!”

눈이 빠져라 지켜보던 창하 눈이 휘둥그레졌다. 화면은 변화가 없었다. 그러나 노이즈 속에 진동 같은 게 느껴진다. 수아의 손가락을 따라가니 그제야 변화를 알았다.

노이즈다. 화면에 문제가 생긴 것 같다. 그러나 그게 포인트였다. 노이즈를 자세히 보면 투명한 형체의 움직임이 보였다. 사이즈가 사람 크기다. 사람이 걷는 것처럼 자연스럽지는 않지만 어쨌든 이동한다. 형체는 범죄 현장으로 들어가 5분 후에 나왔다.

“이번에는 네 번째 희생 장소예요.”

화면이 바뀌었다. 많은 사람들 속에 섞인 엉성한 형체가 보였다. 조금 전의 것과는 사이즈가 조금 다르다. 이게 바로 박상도의 궤적이었다.

“하나 더.”

세 번째 화면이 나왔다. 다섯 번째 희생자가 나온 장소다. 이번에도 근처의 CCTV에 투명한 형체가 잡힌다. 셋 중에서 가장 작았다.

“요걸 종합하면…….”

톡!

마우스를 조작하자 세 사이즈가 한 화면에서 분석되었다. 160㎝, 170㎝에서 180㎝의 세 종류, 보폭과 형체 특징을 분석해 180은 남자, 160과 170은 여자라는 결론을 내렸다.

"키는 신발을 고려하셔야 해요. 오차가 대략 3~7㎝ 정도?"

"결국 해내셨군요?"

창하가 웃었다. 사람처럼 보이지도 않고 선명하지도 않지만 움직임은 잡아낸 것이다.

"이게 디지털로 할 수 있는 모든 변환 요소를 다 써본 거예요. 뒤집어도 보고 세워도 보고, 줄여도 보고 확대도 해보고… 파일 변환도 확장자부터 색상 변환까지 모든 방법을 다 써보았는데 별짓을 다 해도 안 되길래 성질을 부리다 다 날려버렸지 뭐예요. 그래도 두었다가 이틀 후에 다시 살려보았는데 그때 노이즈처럼 보이는 라인을 발견했어요. 처음엔 무시했지만 그걸 기준으로 살려보니 사람 형체로 볼 수 있겠더라고요. 미안하지만 여기까지가 제 실력이고요. 마지막으로 범행 현장 장면… 각도는 좀 안 좋지만 범행 이해에는 문제가 없는 것 같아요."

톡!

그녀가 마우스를 눌렀다.

첫 희생자 화면이었다. 혼자 있는 희생자의 등이 보인다. 앞을 향해 일어선다. 처음에는 무슨 행동인지 몰랐지만 이렇게 보니 이해가 되었다. 미궁 살인마가 그 앞에 등장한 것이다. 살인마는 투명한 액체처럼 다가선다.

슝!

왼손 형체가 움직인다. 형체가 조금 멀어지자 희생자가 쓰러진다.

짝짝!

창하가 박수를 쳐주었다. 살인마의 모습은 알 수 없지만 볼륨감, 즉 형체 파악이라도 되니 사건 이해가 제대로 되었다.

"파일 변환법 알려드릴게요. 조금 어렵긴 한데 이게 어차피 사람 형상이 보이는 게 아니니 선생님 말고는 누구도 이해하지 않을 것 같거든요. 그러니 익혀두었다가 써먹으세요. 그렇다고 제가 미궁 살인 다시 일어나기 바라는 건 '절대' 아니고요."

수아가 시범을 보였다.

"최고네요."

창하가 엄지를 세워주었다.

"알아주시면 나중에 또 밥 한번?"

"문제없죠."

"에헷, 이번엔 제가 쏠게요. 매번 얻어먹기만 하면 그러니까요."

"뭐 그럼 더 좋고요."

화면이 끝나갈 때쯤 원빈이 들어왔다.

"선생님, 시신하고 담당 형사가 도착했습니다."

"이 선생."

대기실로 향할 때 권우재가 창하를 불렀다.

"예, 선생님."

"혹시 말이야. 괜찮다면 이번 부검 바꿀 수 있을까?"

"부검을요?"

"나 때문은 아니고… 나한테 배정된 부검 보호자가 따라왔는데 울며불며 이 선생을 찾고 있어. 성폭행 사망 건 같은데 내키지 않으면 그냥 내가 하고."

권우재의 목소리가 부드럽다. 창하를 엿 먹이려는 게 아니라는 건 분위기로도 알 수 있었다.

"선생님이 괜찮다면 바꾸죠, 뭐. 죽은 사람 소원도 들어준다잖아요."

"그래. 그럼 이번 건만 바꿔서 들어가자고."

권우재가 창하 등을 쳐주었다. 뜻하지 않게 부검실이 바뀌게 되었다. 국과수에서도 흔치 않은 일이지만 창하는 크게 개의치 않았다.

"아이고, 선상님."

대기실에 들어서자 80줄 가까운 할머니가 창하 손을 잡고 울먹거렸다. 담당 형사는 골치가 아픈 듯 이마를 짚고 만다.

"우리 승애 부검해 주러 오신 거죠?"

“예…….”

“아이고, 고맙습니다. 고맙습니다.”

“일단 진정하세요. 이러시다 쓰러집니다.”

“내가 저거 하나 보고 살았는데 쓰러지면 어떻습니까? 우리 승애는 절대 그런 애 아닙니다. 어릴 때 조실부모하고 제가 거둬 키웠지만 그놈 말처럼 절대로 몸 함부로 굴리는 아이 아니에요.”

“아, 할머니. 좀 진정하세요.”

형사가 나서는 걸 창하가 말렸다.

“천천히… 여기 앉아서 말씀하세요.”

할머니를 일으켜 세웠다. 할머니 이름은 진복녀, 올해 82세로 부검 시신 민승애의 할머니였다.

“나는 괜찮아요. 우리 승애가 저렇게 죽은 것만 해도 억울한데 창녀 취급이라니요? 그 아이 나이 올해 고작 열여덟입니다.”

“네…….”

“천지신명을 두고 맹세하지만 절대로 몸 함부로 굴리는 아이 아닙니다. 부디 이 억울한 진실을 꼭 밝혀주세요.”

“알겠으니까 일단 진정하세요. 형사님에게도 상황을 좀 들어야 하거든요.”

“상황 같은 거 필요 없어요. 그놈 한 말이 다 거짓부렁인데 뭘 들어요? 우리 승애는 절대 아니에요. 그놈이 강제로 범하다 죽이고서는 헛소리를 하는 거라고요."

"알겠습니다. 그래도 부검을 하려면 경찰 이야기를 들어야 합니다. 그러니……."

"알겠어요."

겨우 마음을 추스른 할머니가 한 발을 물러선다. 손녀 일이라 그런 것이지 자세히 보면 막사는 사람은 아니었다.

톡!

형사가 아이패드 화면을 열었다. 사건 현장은 서울에 인접한 국도 변이었다. 언덕 아래에서 여고생 시신이 발견된 것이다.

"처음에는 교통사고인가 싶었는데 시신을 보니 그건 아닌 것 같고……."

희생자의 사진을 띄워놓은 형사가 말을 이어갔다.

"가출 여고생입니다. 대학 진학 문제로 할머니와 신경전을 벌이다 집을 나온 모양입니다. 아이가 공부를 꽤 잘한 모양인데 할머니는 교대를 원하고 아이는 연극영화학과를 고집했다고 합니다. 할머니 몰래 연기학원을 다닌 적도 있고요."

"……."

"집 나와 당장 갈 데가 없다 보니 채팅으로 범인을 만났습니다. 사기에 성폭력에 절도까지 전과가 화려한 인간인데 숙소를 제공해 준다며 꼬드긴 모양입니다."

화면이 바뀌면서 40대 중반의 남자가 나왔다.

"여고생 동선 추적하다가 알게 되었는데 그 집에 여고생의 남은 짐과 옷가지 등이 있더군요. 발견 당시 여고생이 속옷을 입지 않고 있어서 성폭행 키트를 썼는데 양성반응이 나왔습니다."

성폭행 키트 양성.

성관계가 있었다는 뜻이었다.

"남자의 신병은 확보되었나요?"

"그렇긴 한데 이놈이 아주 안드로메다급 인간 말종에 개뻰질이라서요, 성폭행을 추궁하니 여고생이 재워줘서 고맙다고 한 번 준다기에 마지못해 했을 뿐이라네요. 게다가 여고생이 아니라 완전 선수였다나요? 뿅 가게 해준다며 자기 존슨을 빨고 서서 하자고 해서 벽에 선 채로 당했다네요."

"아이고, 그거이 다 거짓부렁이에요. 말이나 되는 소리인가요? 내가 이놈 그냥 안 둬요. 여기서 못 밝히면 내 전 재산을 털어서라도 그놈 사형당하게 하고 말 거예요."

할머니가 목소리를 높였다.

"할머니!"

형사가 울상을 지으니 겨우 말문을 닫는 할머니.

"목의 액흔은요?"

창하가 물었다.

"그것도 여고생이 거기 조르면 오르가즘 제대로라고 눌러 달래서 조금 누르다 말았다고……."

"정액 유전자 검사는 어떻죠? 일치?"

"예, 일치합니다."

"다른 단서는요?"

"여고생이 잠깐 친구 좀 만나고 온다고 해서 자기는 잠을 잤답니다. 사는 데가 철거촌 인근이라 빈집들이 많아서 그런지 CCTV 추적을 못 했습니다. 여고생이 발견된 곳도 한적한 곳이라……."

"성관계는 했지만 죽이지도 않았고 친구 집에 다녀온다고 나간 거라 모른다?"

"이 인간, 법에도 빠삭해서 우리를 오히려 가르치고 있습니다. 미성년자인 줄 몰랐고 따지고 보면 자기가 당한 거라며 큰소리를 뻥뻥 치고 있으니까요."

"뭔 소리여? 그놈 아가리를 발기발기 찢어야지."

할머니가 다시 폭주한다.

"가볼까요?"

현장 사진에 이어 설명까지 들은 창하가 할머니를 일으켜 세웠다.

"절대 아니에요. 우리 애가 절대 그럴 리 없어요."

할머니의 입은 거의 자동이었다. 절대, Never.

성관계.

참 복잡한 일이다. 어떤 일이 어떻게 일어났는지는 오직 두 사람만이 알고 있다. 그러니 강제로 관계를 갖고도 둘러대면 그만이다. 죽은 사람이 일어나 거짓말 말라며 따귀를 칠 수도 없기 때문이다.

시신은 부검대 위에 있었다. 아직 투명 비닐이 제거되지 않았다. 부검이 바뀌면서 어시스트들의 준비가 늦은 것이다. 원빈이 시신을 들고 광배가 투명 비닐을 제거했다. 혹시라도 부패가 될까 봐 투명 비닐을 감는 것. 많은 경우의 상례였다.

민승애.

열여덟의 아름다운 청춘. 그러나 활짝 피기도 전에 스러졌다. 그 안타까움에 흑, 할머니가 울음을 삼켰다.

딸깍!

원빈이 불을 껐다. 창하의 루틴이 시작되는 신호였다. 다시 불이 들어오자 외표 검사가 시작되었다. 머릿속은 안전하다. 그러나 후두에는 약간의 상흔이 보였다. 코와 입, 귀는 문제가 없었다. 다만 목에는 액흔이 남았다.

찰칵!

카메라가 돌아갔다.

조금 아래로 내려오니 양팔 상완근과 상완이두근에 멍의 흔적이 보였다.

"……?"

창하 머리가 갸웃 기울었다. 묶은 흔적도 때린 흔적도 아니었다. 그렇다고 양손으로 압박한 것도 아니다. 그랬다면 손가락 자국이 남아야 하는 법.

답이 나오지 않으니 그 자리를 절개해 들어갔다. 겉보기와 달리 안쪽의 손상은 제법 광범위했다.

'그렇군.'

그제야 감을 잡는다. 이건 범인이 무릎을 사용해 양팔을 제압한 포지션이었다. 그냥 누른 게 아니라 이불 같은 것을 덮고 눌렀다. 곤하게 자는 여고생을 덮쳤을 가능성이 높았다.

찰칵!

다시 카메라가 터졌다.

손가락과 손톱을 살폈다. 손톱 사이에 뭔가가 보였다.

'나무?'

다시 창하의 머리가 기운다. 이불 같은 것을 덮었다면 방이다. 하지만 범인은 서서 했다고 주장한다. 그럼 이 손톱 사이의 나무는 유기된 도로변의?

그랬다면 그때까지 살아 있었다는 증거다.

하나하나 머릿속에 저장하며 사타구니로 내려갔다. 질에는 성폭행의 흔적이 뚜렷했다.

범인의 진술은 거짓말이다. 만에 하나 여고생이 선수라서 당한 거라면 이런 결과가 나올 수 없었다. 마지막으로 발가락과 발톱을 체크하고 채혈을 했다. 독극물과 알코올 등의 검사를 위한 샘플이었다.

마침내 메스를 잡았다.

'조금만 참으렴.'

산 환자에게 말하듯 양해를 구하고 메스를 넣었다. 이번에는 Y자가 아니라 내장을 주로 체크하는 U자 술식을 썼다. 할머니를 위한 부검이다. 절개 부위를 최소한으로 줄이는 것이다.

위장은 텅 비어 있다. 내장은 이상 무. 장기를 하나씩 절단해 보지만 특별한 이상은 없었다.

가출했으니 마음은 고달팠겠지만 장기 건강은 문제가 없었다.

질 검사는 잠시 미루고 머리까지 열었다. 뇌에도 이상이 없으니 이제 목을 절개한다.

'역시…….'

목의 피부를 절개해 나가자 액흔이 뚜렷하게 나왔다. 외부에서 보던 것과는 아주 다르니 이 역시 이불 같은 것으로 덮어 누르다 마지막에 손으로 눌렀든지, 아니면 그 반대로 위력을 행사한 것으로 보였다.

찰칵!

다시 카메라의 작렬…….

질식사를 확인했지만 아직 남은 게 있었다. 쟁점이 되는 성폭행 문제였다. 범인은 여고생이 도발했다는 핑계하에 성관계를 시인했다. 경찰 감식반이 성폭행 키트로 그걸 확인했다. 그러나 여기는 국과수 부검대. 정황상 여고생은 피살이 분명한 상황이다. 깐죽거리는 범인의 입장을 재확인해 줄 마음 따위는 추호도 없었다.

목의 액흔과 팔의 압박흔들. 이 정도의 위력이라면 두 가지 결과를 예측할 수 있었다.

1) 무력행사로 저항 불능으로 만들고 성관계를 한 후에 마무리 살해.

2) 무력행사로 사망해 버린 사체에 성관계를 하고 나서 유기.

전자라면 범인의 진술을 뒤집기 어려워지지만 후자라면 얘기가 달라진다. 범인의 진술이 100% 거짓이라는 게 드러나니 범행을 인정하지 않는다고 해도 재판부가 휘둘릴 일은 없었다.

'후우.'

다시 복막으로 내려온 창하. 진실을 알기 위해 여고생의 그곳을 열었다. 확대경을 들이대던 창하의 눈에 분비물이 들어왔다. 하나는 여고생의 생리혈, 또 하나는 범인의 정액. 그런데 두 액체의 성상이…….

'빙고!'

창하 머리에 불이 번쩍 들어왔다.

*　　　*　　　*

따로 놀았다.

분명 그랬다.

피살자 여고생 질 안의 두 분비물. 여고생의 질 내에 고인 혈흔과 이물에 해당하는 범인의 정액. 그것들은 분명 물과 기름처럼 따로 뭉쳐 있었다.

"……!"

창하의 머리에 벼락이 스쳐 갔다. 감이 제대로 온 것이다.

"우 선생님."

원빈을 불렀다.

"예, 선생님."

낌새를 차린 원빈 역시 벼락처럼 반응한다.

"분석실 가셔서 검사하고 남은 혈액 샘플 일부만 빌려 오세요. 음주 측정용이라도 상관없어요. 그리고 성폭력 검사 샘플 중에서 가급적 신선한 정액도요."

"정액요?"

"예."

"알겠습니다."

고개를 갸우뚱한 원빈, 그대로 부검실을 나갔다.

"선생님."

영문을 모르는 형사가 창하를 바라보았다.

"범인 아직 경찰서에 있죠?"

"그럼요."

“조금만 기다리세요. 그 뻔뻔함에 엇 먹일 수 있을 것 같습니다.”

“아이고, 제발 그렇게만 되면…….”

할머니가 또 자지러진다.

“대체 무슨 일인지… 성폭행 키트는 우리가 이미…….”

형사가 창하를 바라본다.

“조금 다른 거예요. 조금만…….”

창하의 시선은 출입문에 있었다. 하지만 원빈은 오래도록 돌아오지 않았다.

“제가 가보겠습니다.”

혈액 샘플실에 전화 체크를 마친 광배가 장갑을 벗었다. 그쪽을 들른 지 10분이 넘었다는 답이 나온 것이다. 광배는 잠시 후에 돌아왔다.

“이 친구, 어디로 샜는지 안 보이는데요?”

광배가 고개를 저었다. 바로 그 순간, 원빈이 등장했다.

“아니, 선생님이 기다리는데 대체…….”

광배가 핏대를 올렸다.

“죄송합니다. 일이 그렇게 되어서…….”

원빈이 두 샘플을 내려놓았다. 신선 혈액 샘플과 신선 정액 샘플이었다.

“수고했어요.”

창하가 멸균된 배양접시 하나를 꺼냈다. 스포이트를 이용해 두 샘플을 접시 안에 떨구었다. 그걸 들고 혈액형검사를 하듯 조심스레 섞었다. LED 등에 비춰보더니 현미경으로 옮겨 간다.

"오케이!"

접안렌즈를 들여다본 창하가 쾌재를 불렀다.

"선생님."

원빈이 다가선다.

"살인입니다. 그 범인, 당장 살인 혐의로 영장 청구하세요."

"예?"

형사가 고개를 들었다. 할머니 눈도 동그랗게 커졌다.

"성관계는 여고생이 자청한 거라고 했다죠? 성관계는 했지만 죽이지는 않았다고 했죠? 목의 액흔도 여고생의 요청이라고 했죠? 모두 빌어먹을 거짓말입니다. 그놈이 여고생을 죽였어요."

"선생님?"

"범인의 집을 조사해 보세요. 바닥 말입니다. 유기된 여고생의 손톱에서 나온 나무 찌꺼기들… 그놈 방의 바닥이 목재일 겁니다."

여기까지 설명하고 광배에게 눈짓을 보냈다. 눈치 빠른 광배가 할머니의 주의를 끌었다. 그사이에 형사에게 남은 설명을 이어주었다. 적나라한 살해 장면 설명. 할머니에게 또 한 번의 충격이 될 수 있기 때문이다.

"이불 덮고 자는 여고생을 덮친 거예요. 이불 위에 올라타고 두 발로 여고생의 팔을 누른 채 목을 눌렀어요. 두 팔에 넓지만 흐린 멍 자국. 바로 이불 때문입니다. 그때 고통스럽던 나머지 두 손이 방바닥을 긁었어요. 그런 다음 저항이 멈추자 성폭행을 한 겁니다. 여고생은 그 순간 숨을 거두었습니다. 여기 이게 증거입니다."

창하가 혈액과 정액의 혼합물을 가리켰다.

"저는 도통……."

"생활반응 아시죠? 죽은 사람은 아무리 때려도 멍이 들지 않는다는 거?"

"예."

"같은 이치입니다. 산 사람을 성폭행하면 범인의 정액이 질 안의 분비물이나 혈액과 섞이게 됩니다. 하지만 죽은 사람과 관계하면 정액이 섞이지 않습니다."

"……."

"보세요. 여기 이 샘플은 섞이지만 질 안의 분비물과 범인의 정액은 따로 놀고 있잖습니까? 즉 여고생이 죽은 직후에 성폭행을 했다는 뜻입니다. 만약 살아 있었다면 두 분비물은 빠르게 섞여 버리거든요."

"으악, 그 인간 말종 개자식을 엿 먹일 증거가 여기 있었군요?"

형사가 몸서리를 쳤다.

「사망의 원인—액사, 사망의 종류—타살」

창하의 부검 결론이었다.

"그렇죠? 우리 승애가 그놈 유혹한 게 아니죠? 그놈이 우리 승애 범하다 죽인 거죠?"

자리로 돌아온 할머니가 울부짖었다.

"맞습니다. 할머니가 옳았습니다."

"아이고, 그럼 그렇지. 우리 승애가… 우리 승애가 그럴 리가 없어요."

"그러니 이제 진정하세요. 손녀 수습하셔야죠."

"아이고, 우리 선상님. 정말 고맙습니다. 내가 죽어도 이 은혜 잊지 않겠습니다."

"은혜가 아니고 당연한 결과예요. 그러니 손녀나 좋은 곳으로 보내주세요."

"알았어요. 알았어요."

할머니는 허리가 부러져라 인사에 인사를 거듭했다.

"장 형사, 나 송인데 부검 결과가 그놈의 성폭행 살인으로 나왔어. 인간 말종 그 자식, 이죽거리는 입에 당장 걸레라도 쑤셔 박아주라고."

통화하는 형사의 목소리가 높았다.

"수고들 하셨어요."

시신이 나가자 창하가 원빈과 광배를 챙겼다. 하지만 광배의 구겨진 인상은 바로 풀리지 않았다. 원빈이 지체된 데 대한 불만 표출이었다.

"그게… 사정이 있었어요."

원빈이 고개를 숙였다.

"사정은 무슨 사정? 선생님이 얼마나 기다린 줄 알아?"

"그게……."

"다음부터는 조심해. 농땡이도 때가 있지 말이야. 샘플 가지러 간 사람이 어디 가서 노닥거리다 오면 돼?"

"아, 진짜… 노닥거린 거 아니라니까요."

참다못한 원빈이 항변했다.

"아니면?"

"정액 말이에요. 신선 혈액은 대충 구했는데 그걸 구할 수가 없잖아요? 그러니 어떡해요? 선생님은 기다리고 정액은 없고……."

"응?"

"부검하다 뛰어나가서 그거 만들기 쉬운 줄 아세요? 겨우 만들어 왔더니 사람 쪽팔리게 꼬치꼬치……."

"우 선생, 그럼 이 정액이 셀프?"

"됐어요."

광배가 샘플 병을 집어 들자 원빈이 가로채 들고 나가 버렸다.

"어, 그게 그렇게 되는 거였군요?"

광배가 창하를 뺄쭘하게 돌아본다.

우원빈.

다시 한번 그가 고마워지는 창하였다.

"우 선생님."

원빈이 샤워를 마치고 나오자 창하가 홍삼 드링크 한 병을 건네주었다.

"선생님."

"보충해야죠. 급한 마음에 무리한 걸 가져오라 해서 죄송합니다."

창하가 윙크를 날린다. 그러자 원빈 뒤에서 또 한 손이 음료를 들이밀었다. 광배였다.

"아까는 미안, 먹고 보충해."

이번에는 복분자 주스였다.

"아, 진짜… 그만들 하세요. 소문 다 나겠네."

원빈이 울상을 짓는 사이에 소내 방송이 울려 퍼졌다.

—잠시 후에 국무총리님의 방문이 있을 예정입니다. 부검 중인 검시관 선생님들은 부검을 마감하고 원장실로 모여주시기 바랍니다. 다시 한번 안내드립니다. 잠시 후…….

짝짝!

검시관들의 박수와 함께 국무총리 성병권이 들어섰다. 소장과 악수하고 각각의 부서장을 거쳐 검시관들과 악수하는 총리. 창하의 차례는 맨 마지막이었다. 그러나 총리의 손에는 이전과 달리 따뜻한 힘이 들어가 있었다. 끄덕, 작은 고갯짓에 어깨를 두드리는 것으로 특별한 관심까지 표현해 주었다.

"여러분."

창가에 선 총리가 훈시를 시작했다.

"이번 황나래 재부검 건은 우리나라 지도자들이 환골탈태를 해야 하는 이유를 적나라하게 보여준 일이었습니다. 저 자신 또한 동시대의 고위 관료로서 비통함을 감출 길 없습니다."

"……."

"하필이면 국과수 검시관과 결탁한 범죄. 그러나 다행히 그 오류를 바로잡은 것 또한 국과수였으니 뼈를 깎는 반성으로 거듭나 국민적 신뢰를 회복해 주기를 바랍니다."

"……."

"이상입니다."

총리의 훈시는 짧았다.

짝짝!

박수가 나오지만 모두의 얼굴은 굳었다.

총리는 국과수 랩 순회를 위해 나갔다. 가이드는 소장의 몫이었다.

"어휴, 그래도 우리 이 선생 덕분에 감사는 안 받을 모양이네."

복도로 나오자 권우재가 한숨을 돌렸다.

감사.

상부 기관과 감사원 감사로 나뉜다. 특별한 잘못이 없더라도 공무원 입장이라면, 엄청난 스트레스에 속하는 감사. 총리가 방문해 줌으로써 채찍보다는 당근 쪽이라는 분위기가 엿보인 것이다.

"가지?"

피경철이 창하를 바라보았다. 총리가 왔다고 부검을 멈출 수는 없었다. 오늘도 검시관을 기다리는 부검 시신들. 인사를 나눴으니 본연의 업무로 돌아가는 것이다.

"부검 준비 끝났습니다."

부검실에 들어서니 원빈이 불을 꺼주었다.

딸깍!

불이 꺼지자 부검대 위의 시신이 실루엣으로 보였다.

[박살 난 로봇]

창하의 머리에 들어온 단어였다. 대퇴골이 절단되고 두개골이 탈락된 시신. 선로에 뛰어들어 자살한 남자의 시신이었다.

50대 초반의 그는 암 환자였다. 암은 잘 치료가 되었고 직장은 복귀를 약속해 주었다. 치료비를 시작으로 타격이 컸지만 재기가 가능한 상황이었다. 하지만 마지막 확인 검진에서 상황이 변했다. 완치를 꿈꾸던 환자에게 전이의 날벼락이 떨어진 것이었다. 게다가 전이의 분포도 악질적이었다.

"다시 시작해 봅시다."

의사는 용기를 주었지만 환자의 판단은 반대로 갔다. 집으로 돌아오던 길, 달려오는 기차를 향해 뛰어든 것이다.

딸깍!

불이 들어왔다. 밖으로 너덜거리는 생체의 결합조직들이 어지러웠다. 정말이지 망가진 로봇의 회로를 보는 듯했다. 이유가 있었다. 시신에 피 한 방울 남지 않은 까닭이었다.

손상 안으로 엿보이는 심장은 비어 있었다. 간과 비장은 곤죽이 되어 흘러내렸고 갈비뼈는 물론 목뼈와 숨뇌까지 박살이었다. 오죽하면 혈액검사용 샘플을 찾을 수 없어 구석구석에 배인 흔적을 긁어모아야 했다.

창하의 눈은 부비강과 섬유주 쪽이었다. 혹시라도 그런 부위로 혈액이 새어 나갈 수도 있기 때문이었다.

"우와, 이거 피가 다 어디로 갔죠?"

원빈은 궁금증을 참지 못했다. 처참한 시신이 피가 없으니 그로테스크한 기분이 드는 것이다.

"현장에서도 혈흔은 많지 않았다고 하던데……?"

백전노장 광배도 고개를 갸웃거린다.

"어디로 간 거 같아요?"

잠시 손을 멈춘 창하가 두 사람을 바라보았다.

"간과 비장 등이 박살 나면서 심장의 피가 땅바닥으로 배어든 거 아닐까요?"

"그렇지. 철길 옆으로 하수구 같은 게 있었다거나 하면?"

원빈과 광배의 추측이 나래를 폈다. 하지만 창하의 표정은 빙그레한 미소뿐이었다.

"아니라는 건가요?"

원빈이 물었다.

"피는 흘러 나가지 않았습니다. 시신 안에 있어요."

"예? 어디요?"

원빈이 시신을 바라본다. 박살 난 시신의 어디에 혈액이 있단 말인가? 답은 전동톱에 있었다. 그걸 받아 든 창하가 시신의 뼈 하나를 잘랐다. 상완부의 전단부였다. 그러자 혈흔이 가득 밴 단면이 보였다.

"억!"

원빈이 소스라친다.

"숨뇌 때문입니다. 완전히 박살 나버렸죠? 이렇게 되면 생체의 혈관들이 나사가 풀린 듯 느슨하게 변합니다. 그 순간, 혈액을 만드는 뼈 쪽으로 역행이 일어나게 되죠. 그래서 피가 없는 것처럼 보이는 겁니다."

"……!"

원빈과 광배는 창하의 해박함에 몸서리를 치지만 창하는 그저 부검에 열중할 뿐이었다.

"사망의 원인, 두개골 탈구, 사망의 종류, 자살. 이상입니다."

창하가 부검 완료를 선언했다. 손상이 큰 시신은 부검 시간이 오래 걸린다. 하지만 극악 손상이다 보니 오히려 오래 걸리지 않았다.

"선생님."

시신을 수습할 때 원빈이 턱짓을 했다. 창하가 돌아보니 총리였다. 유리 밖의 복도였다. 아마 처음부터 보고 있었던 모양이다.

꾸벅!

손을 씻고 나와 인사를 했다.

"온 김에 잠깐 상의할 게 있어서 말이죠. 시간 좀 되겠어요?"

총리가 물었다.

상의?

창하의 눈빛이 초롱하게 변했다.

제3장

모성의 기적

"들어오시죠."

창하가 사무실 문을 열어주었다. 소장과 과장이 회의실 사용을 제의했지만 굳이 창하 방을 찾은 총리였다.

"협소하군요. 이 방이 대한민국 최고 부검의의 집무실이라니……."

총리 표정이 착잡하게 변했다.

"아닙니다. 방은 문제없습니다."

"나가봐요."

총리가 뒤에 선 수행 비서까지 내보냈다. 그마저 나가니 창하와 총리 둘이 남았다.

"앉아도 될까요?"

총리가 묻는다. 창하가 소파를 권했다. 상석이고 뭐고 따질 것도 없는 곳이었다.

"차 한 잔 드릴까요?"

"고맙죠."

총리는 사양하지 않았다. 막상 마신다고 하니 줄 것이 마땅치 않았다. 결국 아침에 권우재에게 받은 박카스를 따 주고 말았다.

"이게 저희 국과수에서는 굉장히 의미 있는 음료수입니다."

"그래요?"

총리는 군말 없이 받아 들었다. 절반을 마시고 내려놓는다.

"하긴 차 한 잔 편안히 마실 시간도 없다고 들었습니다."

"국과수에 차 마시러 오는 건 아니니까요."

"휴일은 어때요? 24시간 부검 체제로 돌려대니 다들 파김치 직전이라던데?"

"저는 전공의 마친 지 얼마 되지 않아 견딜 만합니다."

"고마워요."

"예?"

"오면서 경찰청하고 검찰청 들렀어요. 이장혁 검사와 총장이 말하길 이 검시관 실력이 세계 정상이라고 하더군요. 지난번 미궁 살인도 그렇지만 이번 황나래 사건 규명도 이 검시관 아니었으면 어림도 없었다고……."

"국과수 검시관님들 다 실력이 출중합니다. 단지 제게 기회가 왔을 뿐입니다."

"소장에게 얼핏 물었더니 그렇게 말해요, 겨우 하나 건진 보물인데 다른 데로 갈까 봐 걱정이라고. 이 검시관 생각은 어때요?"

"솔직히 말씀드려도 될까요?"

"당연하죠. 그래서 이 방으로 온 건데……."

"저도 의사이니 처음부터 부검의를 생각하지는 않았습니다. 하지만 사람의 생각은 바뀌기도 하지요. 국과수 온 지 얼마 되지 않았지만 법의학을 천직으로 생각하게 되었습니다."

"그 박봉에 이 격무에도요?"

"그러시면 총리님께서 시스템을 좀 바꿔주십시오."

"민간 병원에 버금가는 대우로 말인가요?"

"민간 법의학 기관은 어떻습니까?"

"민간 법의학 기관?"

총리가 고개를 들었다. 창하가 느닷없는 제안을 던진 것이다.

"영국이 모델인데 거긴 FSS, 즉 법과학공사라는 법의학 시스템이 있습니다. 공공성을 띤 민간 법의학 전문 기관인데 우리 국과수처럼 경찰과 지자체가 의뢰하는 수직 구조가 아니라 민간, 외국 등을 상대로 광범위한 법의학 서비스를 제공하고 있지요. 이번 황나래 사건에서도 보셨겠지만 국과수 외의 공인 기관의 필요성이 있습니다. 게다가 부검이 아니더라도 개인적으로 법의학 서비스가 필요한 사람들도 많고요."

"허헛, 역시 사이즈가 다른 분이군. 연봉이나 처우가 아니라 시스템을 들고 나오다니……."

"국과수 외에 법의학공사가 생긴다면 상호 경쟁으로 법의학 서비스 질도 높아지고, 그렇게 되면 검시관들의 사회적인 평가와 대우 또한 더불어 향상되리라 생각합니다."

"법과학공사라… 획기적인 제안이군요."

"우리나라 법의학 수준도 그 정도는 되니까요."

"좋아요. 언제 국무회의에 들어가면 대통령과 관계 장관들, 함께 화두로 띄워보도록 하죠."

"고맙습니다."

"그건 그렇고 내가 좀 알아봤더니 우리 검시관께서 중국어와 일본어도 하신다고요?"

"예, 조금……."

"미궁 살인 말이에요. 어떻게 생각하세요?"

"미궁 살인이라면?"

창하 눈빛이 변했다. 느닷없이 총리 입에서 나온 미궁 살인… 어떻게 반응하지 않을 수 있을까?

"실은 어제 청와대에 들어갔다 나왔습니다. 우리 대통령께서 임기 말이 되니 총리를 많이 부려먹네요. 법무부 장관 교체 건을 이 사람하고 다 상의하시고……."

"……."

"이야기가 끝나갈 무렵 대통령 특사께서 자리를 함께했는데……."

'특사?'

"그분이 이번에 중국 밀사로 다녀왔나 봅니다. 우리나라가 지금 중국과 관계가 소원하지 않습니까? 가까운 시일 내에 개선될 여지도 거의 없고……."

"……."

"그래서 지한파를 중심으로 분위기 조성에 나서는 모양입니다. 다음 대통령을 위해서도 그래야 하고요. 방중 기간 중에 그쪽 주석의 복심으로 불리는 관료를 만난 모양인데 이 검시관님 얘기가 나왔다고 합니다."

"제 얘기요?"

창하 눈빛이 튀었다. 중국 관료가 왜 창하를?

"혹시 들었는지 모르지만… 우리나라를 뒤집어놓았던 미궁 살인 말입니다. 중국에서도 비슷한 살인이 일어났다는 풍문은 들었는데 이번에 그 관료를 통해 그걸 확인하게 되었습니다."

"……."

"한국의 노하우가 필요한데 정식 경로로는 이용할 수 없는 일이라 이창하 선생을 파견해 주었으면 하는 비공식 제의를 해왔습니다."

"저를요?"

"미궁 살인 방식으로 피살당한 사람들이 있나 본데 그게 그쪽 당과 연결이 되는 눈치였답니다. 그래서 극비에 처리하고 싶어 하는 눈치였다고……."

'극비?'

"대통령께서도 긍정적으로 생각하는 눈치였습니다. 정부 입장에서는 어떻게든 중국 정부와의 통로를 열어야 하는데 이건 정치적 부담이 큰 게 아니니까요. 뭐, 이 선생님에게는 죄송한 말이지만……."

"……."

"어떻습니까? 중국인 미궁 살인 희생자에 대한 부검……."

"제게 부검을 요청하는 겁니까?"

"상황은 잘 모릅니다만 아무래도 그쪽 부검의들이 갑론을박만 하는 데다 보안의 문제도 있는 것 같고……."

"가라는 말씀이시군요?"

"저쪽에서는 원합니다. 하지만 극비를 요하니 누구에게도 발설해서는 안 되는 일입니다. 그래서 여기 온 김에 이 사람이 체크하게 되었습니다."

"총리님."

"가주시겠습니까? 유의미한 도움을 주고 오신다면 한중 관계 개선에 엄청난 기폭제가 될 것입니다."

"……."

"수락을 하면 우리가 중국 정부에 이 선생의 신변 일체를 보장받고, 황나래 건을 공로로 내세워 중국 부검 실태 파악 내지는 연수 포상 형태로 휴가를 주도록 지시할 것입니다."

"……."

"대신 이 일의 본질은 이 선생과 저만 아는 일이 되어야 합니다. 보고 역시 내가 받겠습니다."

"총리님."

"누군가 중간에 끼면 말이 새어 나갈 우려가 높아지니까요. 검찰과 기막힌 공조를 하셨던데 이번에는 이 사람하고 한번 공조해 보겠습니까?"

"제가 그만한 역할을 할 그릇이 되겠습니까?"

"이미 그보다 더 큰 역할도 했잖습니까? 게다가 이 선생의 인품… 자신의 영달을 챙길 법도 한데 오히려 조직의 사기를 걱정해 국과수 방문을 요청했어요. 그 나이에 이루기 어려운 인품입니다."

"그건……."

"이 선생, 어쩌면 이건 굉장한 기회입니다. 다른 것도 아니고 부검으로 중국과의 관계 개선의 길이 열리는 것 아닙니까? 일이 잘못된다고 해도 이 선생에게 피해는 없을 것이며 만약 잘되면 아까 이 선생이 말한 민간 법의학 기관 설립의 기폭제가 될 수도 있겠죠. 대통령도 이 사람도 이 선생을 지지하게 될 테니까요."

"총리님……."

"어떻습니까?"

"그렇게 생각하신다면 가죠, 기꺼이."

"그럴 줄 알았어요."

총리가 손을 내밀었다. 창하가 그 손을 잡았다. 정병권 총리와 창하의 악수. 둘의 인연을 이어갈 뜻깊은 장면이었다.

출발은 나흘 후.

공식적으로는 미궁 살인사건 해결과 황나래 부검 공로를 앞세운 중국 부검 시설 시찰 및 강연이었다.

"선생님!"

총리가 돌아가고 얼마 후였다. 미궁 살인 자료를 검토하고 있을 때 행정 직원이 들어왔다.

"무슨 일이죠?"

"그게… 예정에 없던 부검 타진이 들어왔는데 가능할까요? 다른 선생님들이 죄다 부검 진행 중이라서요."

"일단 얘기나 해보세요."

"H 경찰서 여성청소년과 팀장님인데요 여자분이세요. 두 시간 전에 어린 태국인 산모가 교통사고로 즉사한 사건이 일어났는데……."

"어린 산모?"

"그게… 그 산모가 이제 겨우 열여덟인데 한국인 애 아빠를 찾으러 왔다가……."

"애 아빠라고요?"

"산모가 형편이 어려워 파타야의 클럽 주방에서 일했던 모양입니다. 그때 단골로 오던 한국인 남자를 만나 임신을 하게 되었는데 남자가 한국으로 돌아간 후에 연락을 끊었다고……."

"허얼."

"산달이 다가오니 그 남자를 찾으러 무작정 입국한 모양입니다."

"뺑소니인가요?"

"예, 사고 장소 근처에 CCTV가 없어서 수사가 벽에 부딪혀 있답니다."

"태아는요?"

"병원에서 체크했는데 죽은 것 같다고……."

"그런데 왜 시간을 다투는 거죠? 죽은 지 얼마 되지 않았으면 장례식 시간 문제도 아닐 테고?"

"그게… 그쪽 여청 팀장님이 예감이 이상하다며……."

"예감이 왜요?"

"아무튼 오늘 일정이 다 차 있다고 해도 저렇게 고집을 부리시네요. 제가 알아서 내일 들어오라고 하겠습니다."

행정 직원이 돌아섰다.

산모.

나음 부검은 임신을 준비하던 예비 산모.

괜히 연결이 된다.

“들어오라고 하세요.”

이것도 운명일까 싶어 수락을 해버렸다.

“예?”

행정 직원이 돌아보았다.

“제가 짬 내서 부검하죠. 남의 나라 와서 객사인데 오래 기다리게 할 수도 없잖아요.”

“죄송합니다.”

대기실에서 만난 여청 팀장. 정년을 얼마 앞둔 여경이었다. 경륜만큼이나 뱃살도 쌓여 이웃집 아줌마처럼 푸근했다.

“아닙니다. 앞뒤로 조금 서두르면 되니까요. 그런데 어떤 예감 때문이죠? 궁금하네요.”

“그게…….”

팀장이 쭈뼛거린다. 그렇게 숨을 고른 후에야 겨우 말문을 이었다.

“아기가 죽지 않은 거 같아서요.”

“예? 병원에서 체크하셨다면서요?”

“그랬죠. 그런데 시신 보관소로 옮길 때 분명 움직였거든요.”

“팀장님?”

“그 병원 의사에게 말하니 웃어요. 사망 맞다는 거죠. 아기

발 크기를 보니 20주쯤 된 거 같은데 24주 이상이 아니면 이런 경우에 생존이 불가능하다는 거예요."

"움직였다고요?"

"저도 어릴 때 두 번이나 유산한 적이 있거든요. 그래서 아기에 대해서는 굉장히 민감해요. 의사는 제가 맛이 간 걸로 생각하는 눈치던데 분명 진동이 있었어요. 그래서 보관실에 넣기 전에 전화드렸던 거예요."

"잠깐만요."

바로 전화를 잡았다.

"1번 부검실 태국인 시신 CT 촬영 생략해 주세요."

긴급 조치를 끝내고 일어섰다. 만약 그렇다면 설명 듣고 있을 시간이 없었다.

발 크기.

의사의 말은 틀린 게 아니었다. 태아는 발 크기로 임신기간을 측정한다. 자궁 안에 있는 태아들은, 그것이 여자든 남자든, 발육이 잘됐든 못됐든 임신기간에 따라 같은 크기를 나타내기 때문이었다.

산모 배 속의 태아. 고작 20주. 산모가 사망했다면 태아가 생존할 가능성은 거의 없었다. 설령 살았다고 해도 생존 가능의 가이드라인은 24주. 그 기간은 넘어야 자궁 밖에서 생존할 수 있는 것이다.

그러나 배 속의 일은 이론이 미치지 못하는 경우가 많다.

그렇기에 당연히, 예외가 있을 수 있었다.

"……!"

부검대 위의 시신을 보자 콧날이 시큰해 왔다. 아직 어린아이 티가 가시지 않은 앳된 얼굴이었다. 얼핏 봐서는 한국인과 크게 다르지 않은 피부. 키도 160㎝으로 작지 않았고 살집도 제법 있어 더욱 그랬다.

찰칵!

옷에 남은 기름 자국부터 찍었다. 자동차가 넘어간 것인지 상의가 절반 이상 벗겨져 있었다.

찰칵!

카메라가 계속 돌아간다.

옷을 제거하고 신발을 벗겼다. 한 짝은 어디로 갔는지 남은 건 하나뿐이었다.

복부에 청진기를 대보았다.

"어때요?"

팀장이 물었다.

창하는 대꾸하지 않았다. 다섯 번 열 번, 청진기는 위치를 바꿔가며 배 속의 사정을 읽었다.

"아닌가요?"

창하의 표정을 본 팀장의 목소리가 내려갔다. 바로 그 순간, 창하의 청진기에 아련한 움직임이 전해왔다.

"헛!"

창하가 움찔 움직였다.

"그렇죠? 움직임이 있죠?"

"부검 들어갑니다. 복부 좀 광범위하게 소독하세요. 태아가 살았을지도 모르니 주의하시고요."

창하 목소리가 확 높아졌다. 정신이 번쩍 든 두 어시스트, 광배와 원빈의 손이 노련하게 움직였다. 그러나 두 팔로 배를 감싼 산모. 그 팔이 풀리지 않았다. 배 속 아기를 향한 염원. 위대한 모성 본능은 죽어서도 발현되고 있었다.

"잠깐만요."

창하가 나섰다. 어깨와 팔목 관절을 풀어준 후에 손을 당기니 그제야 산모의 팔이 풀렸다. 광배가 하복부의 출혈을 걷어내니 메스가 들어갈 공간이 열렸다. 창하의 메스가 출격을 했다. 신중하게 시신의 자궁을 열었다. 그러자 그 안에 웅크린 태아가 보였다.

태아…….

크기로 봐서는 20주 진단에 가까웠다. 움직임도 없다. 그저 핏덩어리일 뿐이다. 하지만 그걸 두 손으로 들어 올리는 순간.

꿈틀!

태아가 미세한 경련을 했다.

"으악, 살았어요, 아기가 살았어요!"

팀장이 비명을 질렀다. 광배와 원빈도 입을 벌린 채 어쩔 줄을 모른다.

"젠장, 병원으로 데려가세요. 어서요."

창하가 소리쳤다. 광배가 멸균 천으로 아기를 감쌌다. 그걸 받아 든 여청 팀장이 경광등을 울리며 국과수를 나갔다.

"우워어, 선생님……."

원빈은 몸서리를 치며 창하를 바라보았다.

"엄마의 위대함이네요. 이 어린 산모… 마지막 순간에 배를 감싸 아기를 지킨 겁니다."

"하지만 24주가 아니면 아기는……."

"잠깐요."

창하가 당뇨 체크기를 가져왔다. 산모의 혈액을 넣고 결과를 기다렸다. 통통하게 귀여운 산모. 어쩌면 가능성이 있을 것도 같았던 것이다.

삐이.

낮은 알람과 함께 결과가 나왔다.

"빙고, 당뇨예요."

창하가 외쳤다.

"억, 임신성 당뇨요?"

광배 표정이 확 밝아졌다.

"그럼 더 좋죠. 만약 그렇다면 아기는 임신주수보다 발육이 느려요. 어쩌면 저 아이, 20주가 아니라 25주, 아니, 28주일 수도 있습니다."

"선생님!"

오래지 않아 여청 팀장이 돌아왔다.

“어떻게 되었나요?”

“가장 가까운 병원에 맡겼어요. 다행히 애가 27주 차라네요. 정상적인 아이에 비해 작지만 목숨을 구할 수 있을 것 같다고 해요.”

“와우!”

광배와 원빈이 하이 파이브를 나눴다.

짝!

부검실 안에서는 금지된 행동. 그러나 사안이 이러니 창하도 말리지 않았다.

“와우!”

한 번 더 쾌재를 부르는 원빈을 두고 창하가 본격 부검에 돌입했다.

‘티다? 아기는 무사하단다. 저 팀장님이 아기 아빠도 찾아주실 거야. 그러니 우리는 이제 치사한 뺑소니범에 대해 알아볼까?’

창하의 루틴이 시작되었다.

*　　　*　　　*

태국 임산부 티다.

오른쪽 무릎 하단에 멍이 심각하고 등 쪽 근육에 박피손상이 보였다. 정황으로 보면 역과인 것 같은데 타이어흔은 나오지 않았다.

"목격자 말에 의하면 차량이 울컥 하면서 흔들린 것 같다고 하던데요."

팀장이 도움말을 주었다. 유난히 흐려서 시계가 불량했던 하루. 그래도 목격자는 있었다. 퉁 하는 소리를 듣고 돌아보니 검은 차가 울컥 흔들리다가 멀어졌다고 했다. 불행하게도 목격자는 80대 할머니. 어떤 차인지 기억하지 못했다. 그녀가 기억하는 건 단 하나.

"시커먼 차였어."

창하는 타이어흔에 연연하지 않았다. 역과는 심각한 손상을 남긴다. 티다의 상태가 그걸 증명하고 있었다. 역과가 시작된 부위와 끝난 부위가 선명하게 대조되는 것이다. 게다가 역과는 경량의 차종이거나 고속주행을 하던 차에서는 잘 나타나지 않는다.

이제 무릎 아래 절개에 들어갔다. 범퍼 손상은 주로 다리에 생긴다. 외표에는 별 손상이 없어 보일 수도 있다. 그래서 절개를 길게 한다. 안쪽 근육과 뼈를 다 살펴야 하기 때문이다.

"……!"

메스를 넣자 처참한 사고 순간이 눈에 그려졌다. 다리의 경골이 박살 나면서 그 옆의 비골까지 가루가 되어 흘러내리고 있었다.

'최소한 80㎞ 이상으로 주행…….'

찰칵!

반대쪽 피부를 찢고 나올 정도지만 박살이 나는 바람에 오히려 심각해 보이지 않았던 그녀의 다리… 거의 으스러진 상황이다. CT를 찍었다면 알았겠지만 태아 때문에 생략했던 창하였다.

티다의 사인은 1차 손상에 이은 역과 손상이 치명적이었다.

'오른쪽 바깥 무릎이라면 차는 피해자의 오른쪽 방향에서 달려왔고…….'

창하의 눈이 매처럼 빛나기 시작했다. 얼룩진 상처와 손상들을 헤집으며 파편 찾기에 나섰다. 원빈 역시 머리카락을 헤치며 흔적을 체크하기 시작했다. 차량의 페인트 조각 같은 게 묻어 있다면 큰 도움이 되기 때문이었다.

"머리카락 속에 기름때가 있습니다."

원빈이 창하를 바라보았다.

"좋아요."

창하가 답했다. 시선은 티다의 무릎에 있었다. 골절된 그곳에서 이물이 반짝거린 것이다. 핀셋으로 들어 내니 검은색이었다.

"범퍼 조각 같죠?"

창하가 광배에게 물었다.

"그런 것 같은데요?"

두 개의 소득이 나왔다. 머리의 두피에서 찾아낸 기름 얼룩과 손상된 경골에 파편처럼 박힌 검은색 조각. 두 샘플의 분석을 넘기고 중간 정리에 들어갔다.

1차 손상.

범퍼에 의한 충격이었다. 범인을 잡으려면 차량 파악이 급선무. 목격자의 기억이 희미하므로 차종부터 찾아야 했다. 물론 경찰은 동 시간대 그곳을 지나간 차량을 상대로 블랙박스를 찾고 있다. 하지만 거기에만 목을 매고 있을 수는 없었다.

일반적으로 건강한 사람을 충격해 골절을 입히는 주행속도는 25㎞로 본다. 주행속도가 45㎞ 이상으로 올라가면 거의 모든 사람에게 골절이 나온다. 이때 충돌하는 건 주로 범퍼가 된다. 따라서 피해자의 골절을 기준으로 범퍼 높이를 예상할 수 있다.

승용차의 범퍼는 대략 50㎝를 넘나든다. 작은 트럭이나 승합차는 60㎝ 정도다. 차량이 대형으로 올라가면 범퍼의 높이도 높아진다.

그러나 범퍼의 높이는 차종만으로 단정할 수 없다. 예컨대 급제동을 하는 경우가 그렇다. 급제동을 하면 차량의 전면이 도로를 향해 낮게 기울게 된다. 결론적으로 충격하는 범퍼의 높이가 내려간다. 쿠션이 좋은 차량일수록 더 낮아지니 골절이 발목 위에 생길 수도 있었다.

쿠션 좋은 차량?

그걸 감안해도 충격 부위가 너무 낮았다.

"우 선생님."

창하가 고개를 들었다.

"예."

"차 잘 아시죠?"

"예, 뭐 조금……."

원빈이 겸손하게 답한다. 하지만 창하는 알고 있다. 그가 스포츠카를 비롯해 수많은 차의 특징을 다 꿰고 있다는 것. 이유? 그가 한때 꾸던 카레이서의 꿈 때문이었다.

"이렇게 낮은 부위를 충격하려면 어떤 종류의 차가 있을까요?"

창하가 시신의 발목 위를 가리켰다.

"글쎄요. 이건 진짜 낮은데요? 범퍼가 아무리 낮아도 40㎝는 되어야 하는데… 피해자 신발 굽을 감안해도……."

원빈의 고개가 갸웃 돌아간다.

"요즘 차량들 제멋대로 개조하는 놈들도 많잖아?"

옆에 있던 광배가 거들고 나섰다.

"개조요? 아, 에어댐?"

원빈이 소리쳤다.

"에어댐요?"

"그런 거 있습니다. 범퍼 아래에 다는 건데 주행 안정성이니 뭐니 하지만 멋으로 달고 다니는 거죠. 그게 보통 한 10㎝쯤 되니까……."

"10㎝요?"

창하가 자를 집어 들었다. 발목 위의 손상과 맞춰보니 대략 그림이 나왔다.

"에어댐을 댄 차네요."

창하가 단서 하나를 찾아냈다. 그게 신호였다. 검은색 샘플 조각의 분석 결과가 나온 것이다.

"연예인들이 많이 타는 수입 밴 차종의 도장이랍니다."

분석표를 받아 든 원빈 목소리가 높아졌다.

"알았어요. 비슷한 시간대에 그 인근을 지나간 검은색 동종 수입 밴을 전부 뒤지라고 할게요."

팀장이 핸드폰을 뽑아 들었다. 여기부터 수사에 속도가 붙었다.

한 시간 후, 경찰은 수배 밴을 확보했다. 밴은 수리 업소에 들어가 차례를 기다리고 있었다. 당연히 압수해 국과수로 옮겨졌다. 아쉬운 건 블랙박스가 없다는 것. 나중에 밝혀졌지만 고의로 떼어버린 것이다.

운전자는 연예 기획 회사 댄스 수석 매니저이자 청와대 비서관의 아들이었다. 아버지 신분 때문에 잠시 주저하던 경찰, 그러나 창하의 부검을 믿고 긴급 구속에 나섰다.

일단 음주 측정부터 했다. 매니저가 거부했다. 그사이에 부친인 비서관이 달려왔다. 핏대를 올리며 팀장과 과장을 닦아세웠다.

"내 아들을 뭘로 보고? 모기 한 마리도 못 죽이는 아이야."

그의 목소리가 잦아든 건 채린의 등장 때문이었다. 외국인 어린 산모가 사고를 당했다는 보고를 받고 달려왔던 것. 채린은 공손하게 음성 녹음을 들려주었다.

—나 청와대 비서관이야. 내 아들을 이 따위로 대우해? 당신들 다 옷 벗고 싶어?

비서관의 폭주가 고스란히 나왔다.

"방송사에 보내 드릴까요?"

딱 한마디면 되었다. 채린의 완승이었다. 비서관이 수습에 들어갔지만 채린은 그 녹음을 진짜로 방송국에 보내 버렸다. 역시 채린. 창하의 속이 다 시원했다.

「청와대 비서관, 아들 수사에 외압 행사」

녹음까지 곁들여지니 빼박이다. 비서관은 온갖 핑계를 쏟아냈다.

혈중알코올농도 검사 결과가 나왔다. 하루가 지났음에도 알코올 농도가 나왔다. 어젯밤 동 시간대를 탐문하니 만취가 된 채로 밴을 끌고 가는 CCTV 화면도 나왔다.

—나는 운전하지 않았습니다. 타기는 했지만 조금 가다 내렸거든요. 누가 훔쳐서 운전한 건가 보죠.

—술도 마시지 않았습니다.

—운전은 했지만 사고는 내지 않았습니다.

—뭔가 치기는 한 것 같은데 길고양이 정도로 생각했습니다.

—사람을 친 느낌이 있기는 했습니다.

매니저의 진술은 시간 경과와 함께 자인 쪽으로 흘러갔다. 같은 시간 국과수에서는 밴의 바닥에서 티다의 머리카락을 찾아냈다. 차 하체를 샅샅이 뒤진 결과였다. 그것으로 뺑소니 범인의 은폐 작전은 물 건너가 버렸다. 그날이 다 저물기 전에 청와대 비서관의 사표가 수리되었다.

어린 산모 티다.

태국에서도 가난한 집안이었다. 열다섯부터 돈을 벌어야 했다. 열여섯에 유흥업소 주방 보조로 일했다. 거기 수입이 조금 많은 게 이유였다.

시간이 지나면서 배가 불러왔다. 엄마가 알게 되었다. 아버지가 일찍 죽어 엄마와 동생, 그렇게 셋이 사는 티다. 별수 없이 고백을 했다.

"좋은 사람이에요. 꼭 돌아올 거예요."

바람은 빗나갔다. 언젠가부터는 전화도 카톡도 되지 않았다.

'전화를 잃어버렸을 거야. 전에도 그런 적이 있다고 했어. 그래서 연락하지 못하는 거야.'

아는 친척을 통해 싼 비행기표를 구했다. 아이를 낳기 전에 남자를 만나야 했다. 그도 잘했다고 반겨줄 것으로 믿었다. 그렇게 되면 아기 낳을 걱정을 안 해도 되었다. 한국에서 살게 되면 그보다 디 좋을 일도 없었다.

그 꿈을 안고 한국으로 날아온 티다. 그가 자기 집이라고 자랑한 사진을 가지고 그 동네를 찾아갔지만 그런 집은 거기 없었다. 티다는 몰랐지만 그 집은 화보에서 찍은 것이었다.

어쨌든 티다는 남자를 만났다. 죽은 뒤라 조금 늦었지만 또 어쩌면 그렇게 만난 게 다행일지도 몰랐다. 경찰이 조회하니 거처가 나왔다. 티다가 갖고 있던 사진과 예전 전화번호 덕분이었다.

남자는 30대 초반의 대학원 휴학생이었다. 돈 많은 부모를 두었으니 마냥 홍청거리며 살았다. 부모에게는 태국에다 관광 회사를 세운다는 핑계로 일 년의 절반을 나가 살았다. 그 절반의 밤은 파타야의 유흥가에서 보냈다.

돈으로 되는 여자들에게 질려갈 때 티다를 만났다. 몸을 파는 여자가 아니니 결혼해서 한국으로 데려간다며 티다를 녹였다.

경찰이 찾아갔을 때 그는 미녀 약사와 선을 본 직후였다. 부모의 소개였지만 약사가 마음에 들었다. 그 산통을 깬 게 티다였다. 자기 사진에 예전 전화번호. 거기에 티다와 주고받은 카톡 메시지까지. 빼도 박도 못하는 증거 앞에서 그가 내뱉은 말이 압권이었다.

"씨발, 어쩌라고요? 걔 태국 창녀거든요? 그리고 그게 내 자식이라고 누가 그래요?"

개자식!

그 머리를 여청 팀장이 잡아챘다.

"씨발, 뭐 하는 거야?"

남자가 악을 썼다.

"DNA 검사 샘플 채취 중, 당신 아들인지 아닌지 확인해 주려고."

여청 팀장이 한 줌 뽑힌 머리카락을 흔들었다.

"으아악, 누가 태국인 무비자 만들었어? 어떤 새끼가 비자

없앴냐고?"

남자가 쓰레기통을 걷어찼다. 음주 운전으로 티다의 목숨을 앗아간 권력자의 아들. 동시에 한 소녀의 순수한 사랑을 욕정의 도구로 생각한 이 남자. 쓰레기통에서 튀어나온 쓰레기만도 못한 인간이었다.

부검 결과서를 정리하고 복도로 나오다 피경철을 만났다.

"이 선생, 외국인 산모 부검 이 선생이 했다지?"

"예."

"태아가 살아 있었다면서?"

"예."

"잘했네. 나 같으면 매너리즘에 빠져서 내일 오라고 했을 텐데 그럼 태아는……."

"마침 시간이 되어서 그런 것뿐입니다."

"늘 이렇다니까. 가자고. 나도 이 직 한 건 남았이."

부검실로 향하며 피경철이 말을 이었다.

"그런데 이 선생 이번 건, 신혼부부 의료사고라는 것 같던데?"

"그런 모양입니다."

"어디서 압력이나 청탁 온 건 없고?"

송대방의 전횡을 알기에 노파심으로 체크하는 피경철이었다.

의료사고 청탁.

그 파장이 얼마나 컸던가.

"다행히 이번에는 없습니다."

"나하고 바꿀까? 내 부검은 한강 다리에서 뛰어내린 익사라 오래 걸리지 않을 텐데?"

"무슨 말씀을요? 저는 의료사고가 더 큰 공부가 되거든요."

피경철을 앞쪽 부검실로 밀어 넣은 창하, 바로 대기실 문을 열었다.

의료사고.

다른 부검도 어렵지만 의료사고 역시 쉽지 않다. 참관인으로 따라온 양측의 얼굴만 봐도 알 수 있었다. 시신은 임신을 준비 중인 신혼의 신부였다. 결혼식을 올린 지 고작 두 달. 그러나 몸이 약해 빈혈이 있었다. 헤모글로빈 수치가 8g/dL 이하로 쭉 내려가 버린 것. 적어도 11g/dL은 넘어야 하는 것이니 친정 부모와 남편의 염려 속에 병원을 찾았다.

그때까지는 좋았다. 의사는 남편의 친구. 임신 계획을 듣더니 빈혈 약보다는 수혈이 빠르다며 수혈을 권했다. RBC도 Fresh한 것, 즉 어제 채혈한 것으로 특별히 맞춰주었다. 폐기일이 닥친 혈액은 죽은피가 많아 부담이 될 수 있다며 친절한 설명까지 곁들였다.

적혈구 수혈 바늘도 제대로 꽂혔다. 예정된 혈액이 다 들어갈 때까지도 큰 문제는 없었다.

하지만!

수혈이 끝난 지 20분도 되지 않아 예비 신부는 호흡을 멈췄다. 그대로 중환자실로 옮겨졌다. 그로부터 며칠 후 뇌사 선고를 받았다. 경찰이 제시한 X-ray 사진은 대조의 극한이었다. 입원하던 날 찍은 것과 중간에 찍은 것. 첫 영상은 맑은 하늘이지만 중간 것은 폭설이 쏟아지고 있었다.

그 기간은 불과 며칠 사이.

이렇게 망가지기도 쉽지 않아. 보호자 측의 주장이었다.

"명백한 의료사고예요."

"약물남용으로 인한 폐부종입니다. 환자 탓이지 의료진은 최선을 다했습니다."

"약물남용이라뇨? 말 함부로 하지 말아요. 우리 아이가 마약중독이라도 된단 말이에요?"

"마약중독은 몰라도 최소한 알코올중독에 수면제 남용은 확실합니다."

"알코올중독요? 그건 옛날 말이죠. 우리 아이 술 끊은 지 오래예요."

"그런 사람 γ-GTP가 580을 넘습니까?"

γ-GTP 580.

충격의 수치가 나왔다.

제4장

데이터가 사람 잡다

γ—GTP.

GOT GPT와 함께 한 번은 들어본 용어다. 특히 술 좀 마시는 주당이라면 대다수가 긴장하게 된다. 100 언저리가 되면 의사의 경고가 나온다.

"술 안 끊으면 큰일 납니다."

γ—GTP(Gamma—glutamyltransferase)는 간세포와 담도 상피세포 안에 존재하는 효소의 일종이다. 간의 해독 기능에 작용하며 체내 여러 곳에 분포한다. 췌장 질환, 심근경색, 만성폐쇄성폐질환, 당뇨 등에서도 이 수치가 상승한다.

임상에서는 간 기능 추정 시에 주로 사용한다. 간이나 담관의 세포가 망가지면 γ-GTP가 혈액 속으로 나오게 되기 때문이다. 이를 일탈 효소라고 칭한다.

이 효소가 이상적으로 높아지면 간세포가 파괴되는 간염, 지방이 축적되는 지방간, 담석이나 담도암 등으로 담관이 막힌 경우를 예상할 수 있다.

이런 이유로 술을 입에 대지 않는 사람도 이 효소의 수치가 높게 나올 수 있다. 비알코올성 지방간, 담석, 담도계 질병, 항경련약, 스테로이드, 항간질제 등이 영향을 미친다. 혹은 당뇨나 비만 또는 대사증후군도 영향을 미친다.

정상 범위는 통상 성인 남자의 경우 10-50 IU, 여자는 10-30 IU 정도를 기준으로 한다. 알코올로 인한 수치 상승으로 100 IU 근처에 갔다면 술을 끊으면 거의 정상으로 돌아간다. 그러나 200 IU을 넘고 있다면 이미 알코올성 간장애의 대미지가 진행 중이라고 판단한다.

사망자의 검사 결과표를 보았다. 췌장 질환이나 심근경색, 당뇨병의 진단은 없었다. 담도, 담석계를 부검하면 더 자세히 알 일. 나머지는 병원 측의 주장처럼 항경련약이나 항간질제 등의 복용 유무였다. 사망자는 그런 약을 먹은 적이 없었다.

그러나 병원 측은 완강했다. 근거는 그들의 소변검사 결과였다. 결과지에는 벤조디아제핀 계열의 약물 반응에 Positive라는 단어가 또렷했다. 양성이라는 뜻이다.

여기서 보호자가 주춤거렸다.

실은 γ—GTP 때문이었다. 어머니는 딸의 상습 음주를 알고 있었다. 일주일에 다섯 번은 술을 마시고 다녔다. 한 번에 폭음은 하지 않지만 즐기고 또 즐긴다는 게 문제였다. 오죽하면 자기 전에도 맥주 한 캔은 마셔줘야 잠이 온다는 딸이었다.

대학 졸업 후 원룸으로 독립할 때도 그게 걱정이었다. 형식적이지만 각서를 받고 방을 얻어주었다. 그러다 남자를 만났다. 결혼을 약속하면서 술을 줄였다. 그러나 병원 결과를 보니 거짓말이었다. 단지 어머니와 남편이 보는 앞에서만 줄인 것이다.

임신을 결정한 것도 술 때문이었다. 술의 유혹에서 벗어날 길이 없던 딸. 임신을 하면 술을 못 마시게 되니 그 기회에 술도 끊고 아기도 가질 생각을 했던 것.

그런 차였으니 병원 말대로 어머니 모르게 다른 약을 먹었을 수도 있는 것이다. 게다가 벤조디아제핀은 수면제의 일종. 술 안 마시면 잠이 안 온다던 딸이었기에 찔리는 구석이 된 것이다.

"부검실로 가시죠."

창하가 일어섰다. 주장이란 언제나 상반되게 마련이다. 보호자 말을 들으면 병원 측이 거짓말을 하는 것 같고, 병원 측 말을 들으면 보호자가 거짓말을 하는 것 같았다.

이런 경우 거짓말을 하지 않는 사람은 딱 하나다.

[부검대 위의 시신]

죽은 사람 입장에서는 기막힌 일이다. 자신의 몸을 열어 증명해야 하는 것이다.

한국의 우스갯소리에 그런 말이 있다.

[속을 열어 보일 수만 있다면]

말하자면 지금이 그런 경우였다.

"부검 시작합니다."

창하의 선언이 나오자 원빈과 광배가 일사불란하게 움직였다. 불이 꺼졌다 켜지자 창하가 메스를 꺼내놓았다. 라텍스 장갑의 손샅을 밀착시키며 외표 검사를 시작한다.

의료사고이므로 의료기록과의 대조가 필요했다. 절차가 더 늘어난다는 뜻이었다. 수혈 자국과 삽관, 기타 생명 유지 장치로 인한 멍이나 상처를 체크해 나갔다. 동시에 그것들이 사망자와 연관이 있는지 없는지까지도 판단해야 했다.

"하느님……."

어머니는 기도부터 올린다. 병원 측의 의사 역시 숨을 고른다. 어쩌면 창하보다 더 긴장하는 두 사람이었다.

외표 검사 후에 채혈부터 했다.

"검사 넘기고 오겠습니다."

원빈이 샘플을 집었다. 그런데…….

"잠깐만요."

다른 날과 달리 창하가 원빈을 제지했다. 다른 생각이 있는 것이다.

호흡을 고르고 메스를 열었다. 시신의 쇄골에 메스를 대자 두 사람의 반응이 극명하게 갈렸다. 어머니는 차마 볼 수가 없어 고개를 돌렸고 의사는 뚫어져라 바라보는 것이다. 메스는 시신 복부 아래의 불두덩까지 단숨에 내려갔다. 가슴의 피부와 근육을 벗기니 흉곽이 나왔다. 흉골과 갈비뼈의 연골을 떼어냈다. 가슴과 배가 한 번에 드러났다.

찰칵!

카메라가 터졌다.

위를 시작으로 장기들을 훑어본 후에 각개 분석에 돌입했다.

심장—심근경색 없음.

관상동맥까지 차분하게 잘라보고서 폐로 넘어갔다.

'돌덩이…….'

만지는 순간 감이 왔다. 일반적인 폐와는 달랐다. 좌우의 폐가 돌처럼 굳은 것이다. 이쯤 되면 초인이라고 해도 호흡곤란을 피할 수 없다. 그러나 폐의 손상은 이미 예정된 일이었

나. 호흡곤란으로 중환자실에 들어가면 며칠 내로 디오되어 버리는 게 바로 폐였다.

다음 차례는 간.

"……!"

미간이 살짝 구겨졌다. 동시에 의사의 입가에는 회심의 미소가 흘렀다. 간은 지방간의 극치를 보이고 있었다. 차분하게 담관을 찾아 절개를 했다. 담낭은 무사했다. 췌장 역시 이상이 없었으니 당뇨의 문제도 지워졌다. γ—GTP의 경보만 요란해진 것이다. 딸이 술을 끊지 못한 것은 이것으로 증명이 되었다.

다음은 위를 절개해 내용물을 모았다. 음식물은 당연히 없지만 흰 용액 같은 것들이 보인 것이다. 어쩌면 미처 소화되지 못한 약일 수도 있었다.

창하는 여전히 안갯속에 있었다. γ—GTP 논쟁이 아니라 호흡정지의 근본 원인을 찾아야 했다.

내부 장기에 대한 부검이 끝나자 머리로 올라갔다. 베일 속에서 드러난 시신의 뇌는 회색빛으로 변한 채 효모를 넣은 반죽처럼 부풀어 있었다. 레스피레이터 뇌의 전형이었다.

"……"

손을 멈춘 창하가 생각에 잠겼다.

X—ray에 나타난 액체.

심부전의 경우에도 그런 반응이 나온다.

하지만 시신의 심장은 정상이었다.

—약물 과용.

그러나 보호자는 그런 일이 없다고 맞서는 상황.

병원이 주장하는 건 약물남용에 더불어 급성 폐부종.

그 주장의 근거는 소변검사에서 나온 약물 양성반응과 호흡기 세균 감염 검사의 음성. 그들의 데이터는 문제가 없었다.

—또 하나의 가능성은 특이체질에 의한 과민성쇼크.

이 역시 보호자가 부정하는 상황.

모두가 맞다면 시신은 지금 저 자리에 있을 수 없었다. 둘 중 하나는 틀린 것이다.

'그렇다면 남는 경우는…….'

창하 머리에 사인 하나가 들어왔다. 그러나 그걸 내세우기엔 증거가 필요했다.

"어머니."

창하가 보호자를 불렀다.

"예."

"따님이 수혈을 받을 때 옆에 계셨나요?"

"그럼요. 손도 주물러 준 걸요."

“따님은 정말 약물남용 같은 거 하지 않으셨나요?”

“그건 맹세해요.”

“수혈 때 컨디션은 어땠어요?”

“처음엔 좋았죠. 새 피가 맑은 공기처럼 맑은 에너지가 되어서 자기 몸 안에 있는 술 중독 기운을 다 밀어내 주길 바란다고 했어요.”

“아무 문제도 없었다?”

“꼭 그런 건 아니고요…….”

여기서 보호자가 말끝을 흐렸다.

“뭐죠?”

“피가 들어가고 얼마 후예요. 애가 가슴을 움켜쥐며 힘들어했어요.”

“가슴요?”

“등하고 어깨도 갑갑하다고 했고요. 하도 힘들다고 해서 간호사를 불렀는데 곧 괜찮을 거라고 해서 그냥 있었어요.”

“그리고 괜찮아졌나요?”

“계속 힘들어하다가 참을 만하다고 하더라고요. 그러고는 수혈 끝나고 오래지 않아…….”

‘오케이!’

창하 미간이 꿈틀거렸다. 조심스레 만지작거리던 카드를 뽑을 계기를 만난 것이다.

“우 선생님.”

대기 중인 원빈을 불렀다.

"위액하고 혈액 샘플 분석 넘기세요. 혈당부터 독극물 검사, 혈관활성 물질 검사까지 다 부탁하세요. 히스타민과 류코트리엔, 트립타제, 키닌도 빼먹지 마시고요."

창하 목소리에 힘이 실렸다. 히스타민과 트립타제 등은 혈관활성 물질로 불린다. 이것들이 방출되어 혈관의 수분이 혈관 밖으로 나오게 되면 아나필락시스 반응이 생길 수 있었다. 결과적으로 창하가 의심하는 사인은 바로 수혈성 급성 폐장애였다.

수혈성 급성 폐장애.

이 메커니즘은 복잡하다. 간단히 살피면 피를 준 사람이나 받은 사람의 혈장 문제에 속한다. 두 혈장 중에 한 항체에서 문제가 비롯되는 것이다. 의료진들도 평생에 한두 번 볼까 말까 한 케이스라고 할 수 있다. 그러나 무섭다. 사망 기전은 급성 폐부종으로 간다. 한번 발병하면 그것으로 끝이다.

이 대미지는 모세혈관에서 나타난다. 특히 폐가 취약하다. 폐포낭의 빈 공간으로 부종이 들이닥치면 바깥쪽 벽은 가스 배출이 어려워진다. 이 반응은 순간적으로 일어난다. 사망자의 X-ray가 단시간에 액체 덩어리로 변한 게 증거였다. 이렇게 되면 모세혈관이 막힌다. 산소포화량이 떨어진다. 궁극적으로는 뇌로 가는 산소가 부족해진다. 결과는 사망이다.

그런데 왜 의료진의 판단이 달랐을까? 바로 호흡기 세균 검사 결과 때문이었다. 거기서 균이 자라지 않자 폐렴을 머리에서 지워 버린 것.

'그 시작은…….'

창하의 시선이 시신의 간에서 멈췄다. γ-GTP가 눈에 밟혔다. 의료진이 볼 때 사망자는 알코올중독에 약물중독이었다. 그 선입견이 너무 강했다. 그건 진료기록에도 남았다. 병원 측이 제시한 약물 반응 양성. 그 샘플은 소변이었다. 약물은 원래 혈액으로 검사해야 정확도가 보장이 된다. 그러나 선입견에 더해 소변검사 양성이 나오자 혈액검사를 생략해 버린 것. 더구나 그 소변검사는 내원 당시의 것이 아니라 중환자실에서 나온 것이었다.

모든 사고는 이렇게 시작된다. 시작은 톱니 하나 잘못 물린 거지만 결과는 회복 불능이다.

이 시차가 중요했다. 투약 기록을 살펴보니 더욱 그랬다. 사망자가 위독해지자 병원 측은 벤조디아제핀과 펜타닐 성분의 진통제를 투약했다. 소변검사는 그 후에 이루어졌으니 약물 양성반응은 당연한 결과이기도 했다. 이 또한 의료진들이 간과한 일이었다. 결과라는 데이터를 과신하다 보니 순차 확인의 기본을 어긴 것.

그러나 수혈성 급성 폐장애는 정말 희귀한 일. 그래서 부검대에서도 찾아내기가 어려운 일…….

창하도 말을 아끼며 혈액 분석 결과를 기다릴 뿐이었다.

"선생님, 결과 나왔습니다."

화면을 확인하던 원빈이 소리쳤다. 창하가 결과를 확인했다.

"……!"

머리카락이 쭈뼛 올라갔다. 창하의 판단이 맞았던 것.

"사인은……."

보호자와 의사 앞으로 다가가 남은 말을 이어놓았다.

"수혈성 급성 폐장애입니다."

"예?"

보호자의 눈빛이 튀었다. 의사 역시 경련을 피하지 못했다. 법적 다툼의 여지가 있기는 하지만 보호자의 손을 들어주는 쪽이기 때문이었다.

"어째서 그렇단 말입니까?"

의사 목소리가 높아졌다.

"일단 약물 과용 쪽입니다. 위액 검사를 했더니 벤조디아제핀과 펜타닐 성분이 나왔습니다."

"그러니까요. 명백한 약물 과용이잖아요?"

의사가 소리쳤다.

"그런데… 그게 그쪽 병원에서 투약한 겁니다. 중환자실로 넘어갔을 때 삽관을 통해 넣은 알약들… 투약 기록으로도 확인이 됩니다."

"억!"

의사가 휘청 흔들렸다. 몇 번을 확인해도 하자가 없던 진료 기록. 창하 말을 듣고 보니 정말 그런 것이다.

"조금 더 부연하자면 약물 검사 양성 말입니다. 그 약을 투약한 후에 실시했더군요."

"그럼 다른 약물은요?"

"없습니다. 불검출."

"……!"

의사의 얼굴이 하얗게 질려갔다.

"다음은 수혈성 급성 폐장애 쪽으로 가볼까요? 우선 사망자의 통증입니다. 수혈 중에 간호사를 불러 불편을 말했다죠? 가슴과 등, 어깨가 아프다고… 그게 수혈성 급성 폐장애 증상의 하나인 것은 알고 계시죠?"

"그건 수긍 못 합니다. 그 정도 부작용은 다른 경우에도 나타날 수 있어요."

"그럴 수도 있겠죠. 하지만 히스타민과 트립타제 등의 혈관 활성 물질 수치도 정상으로 나왔어요. 다른 독성물질 검사도 모두 불검출. 이게 뭘 뜻하는 걸까요?"

"……?"

"혈관활성 물질이 정상이고 독극물이 검출되지 않으면 과민성쇼크사의 가능성도 멀어지죠. 가능성 있는 것들을 모두 배제하고 남은 것. 이런 경우에 수혈성 급성 폐장애가 사인이 됩니다. 사망자의 증상과 짧은 시차를 두고 나온 폐의 치명적인 변화, 그리고 기타 사망 기전 없음. 더 설명이 필요할까요?"

"이, 이건……."

"이상으로 부검 종료합니다."

땅땅땅!

창하의 선언이 나왔다.

"아이고, 선미야……."

어머니는 수습된 시신 위로 쓰러지고 의사의 얼굴은 멋대로 구겨졌다. 굉장히 난이도가 높은 부검. 그걸 해결한 창하의 걸음은 가볍기만 했다.

제5장

—

동녀동침사(童女同寢死)

"창하야!"

대박 고깃집 테이블에서 창길이 손을 흔들었다. 오랜만에 만나는 형과 형수였다.

"오래 기다렸어?"

창하가 앞자리에 앉았다.

"좀 됐다. 바쁘지?"

"바쁜 거야 형도 마찬가지잖아? 형수님, 미안해요."

창하가 형수를 보며 웃었다.

"괜찮아요. 창하 씨 덕분에 외식도 하는 판인데……."

형수도 미소로 화답했다.

"베이징 간다고?"

창길이 묻는다.

"응."

"국과수에 좋은 방독면 있으면 하나 가져가라. 요즘 미세먼지 장난 아니다."

"그럴까?"

"하긴 미세먼지보다 더 무서운 게 있지."

"뭐?"

"영혼 따기 살인? 여보, 그렇지?"

창길의 시선이 아내에게 돌아갔다.

"맞아요. 전에 한국처럼 요즘 이상한 사건이 잇따르고 있다네요. 자다가 심장이 없어진 사람이 있다는 둥, 걸어가는 사람의 심장을 따 갔다는 둥."

"형수님도 그런 소식 받아요?"

창하가 형수에게 물었다.

"내 친구들이 다 중국 살잖아요. 오죽하면 탁삭산의 귀문이 활짝 열렸다는 말까지 나돈대요."

"탁삭산요?"

"그래서 요즘 중국에 때아닌 백택 문신과 도부 문신이 유행이래요. 그 문신을 하면 심장 적출 살인을 면할 수 있다는 소문이 돌아서요."

백택 문신?

창하 촉이 쫑긋 귀를 세웠다.

"흥미롭네요. 계속 좀 해주시겠어요. 백택 문신과 도부 문신이라?"

"옛날 중국의 황제에게 온갖 살귀의 정체를 알려준 게 백택이잖아요. 그러니까 백택 문신은 온갖 화마를 피하는 눈을 갖게 되니 그런 것이고 도부 역시 화마를 피하는 문신의 하나거든요. 보세요."

형수가 핸드폰을 내밀었다. 중국에서 온 SNS의 하나였다. 백택과 호랑이, 복숭아나무 형상의 사람 등이 보였다. 모두 문신이었다.

"최근에 엄청난 살인사건이 있었는데 이 문신을 한 여자는 끄떡도 없었대요. 바로 이 여자."

화면이 바뀌었다. 여자는 비키니의 여배우였다.

"우와, 미녀네요?"

"문신을 보셔야죠. 어깨에 그려진 게 백택부거든요. 원래는 살인마가 이 여자를 노렸는데 백택부가 수호하는 바람에 그 옆에 있던 여자의 심장을 따 갔다는 말이 있어요."

"진짜요?"

"그럼요. 이 SNS 준 친구 아버지가 공산당 고급 간부거든요. 이 친구 말이라면 확실해요."

"비키니 여자, 건강한가요?"

"싱크로나이즈드, 아니, 이제 이름 바뀌었지. 아티스틱 스위

밍 선수 출신이에요. 심장이 강철이죠."

"……."

"그러니 창하 씨도 이거 가져가세요."

형수가 금빛 부적 하나를 내놓았다. 신성한 서기가 서린 백택부였다.

"그럼 이거 주시려고?"

"당연하죠. 창하 씨는 우리 가족인걸요?"

형수가 하얗게 웃었다. 중국인이지만 한국 사람을 닮은 여자. 창하를 챙기는 마음도 각별해 늘 고마운 사람이었다.

"가족이면 도련님이라고 불러야지. 결혼한 지가 언제인데 맨날 창하 씨……."

창길이 슬쩍 딴죽을 걸고 들어섰다.

"이이는 아직도 보수적이라니까. 도련 씨보다야 창하 씨가 낫지. 안 그래요? 창하 씨?"

"도련 씨?"

"여자는 아가씨라며? 남자니까 도련 씨."

형수는 당당하다. 그러나 싸가지가 없는 게 아니니 뭐든 용서가 된다. 호칭도 그렇다. '창하 씨'는 결혼하기 전부터 쓰던 호칭이다. 창하도 굳이 '도련'이라는 호칭을 받고 싶지 않았다.

"흐음, 형수님 덕분에 안전하게 다녀오겠네요. 고맙습니다."

창하가 인사를 챙겼다.

"그리고 이거요."

다음은 중국 위안화였다.

"위안화요?"

"이이도 그렇고 저도 중국 왔다 갔다 하다 보니 위안화가 남았어요. 짬짬이 중국 요리도 좀 즐기고 오세요."

"엇, 기왕이면 여친도 소개해 주세요."

창하가 넉살을 떨었다.

"진짜요? 저 진짜 여친 소개 들어가요?"

형수가 바로 반응한다. 전공의 때부터 적극적이던 형수였던 것.

"흐음, 농담입니다. 아직 일정이 정해지지 않아서……."

"됐고요, 이 전화번호나 가져가세요. 제 절친인데 중국에서 영향력 빵빵한 집안이니 뭐든 필요하면 연락하세요. 성심껏 도와줄 거예요."

"고맙습니다."

"그럼 이제 식사 개시?"

"네, 형수님."

창하가 답했다. 형수는 통도 크다. 한우 특수 부위를 여섯 팩이나 쟁여놓고 굽기 시작한다. 창하가 원한다면 이 집 고기를 거덜 내도 눈 하나 깜짝하지 않을 여자였다.

"이건 특별 서비스요."

첫 고기를 쌈에 싸서 창하 입에 넣어준다.

"나는?"

창길이 심통을 부린다.

"자기가 싸 먹어. 손이 없어, 발이 없어?"

"창하는 손이 없냐?"

"자기는 내가 날마다 챙겨주잖아? 형이 되어가지고 먼 길 떠나는 동생 챙기지는 못할망정……."

"아이고, 다음부터는 나 빼고 둘이 만나라. 이거 눈치 보여서 고기 먹겠냐?"

창길이 너스레를 떨었다. 형제의 외식 시간은 한우 굽는 냄새보다 고소하게 깊어갔다.

"선생님!"

다음 날 아침, 사무실로 들어온 원빈이 봉투 하나를 내놓았다.

"뭐요?"

베이징으로 떠날 준비를 하던 창하가 시선을 들었다.

"장도 떠나시잖아요? 천 선생님하고 수아 누나하고 십시일반 조금씩 모았어요."

"No, 그런 거 받을 수 없어요."

"선생님, 진짜 얼마 되지 않아요."

"그래도 그렇죠."

"받아주세요. 그냥 작은 성의라니까요."

원빈은 완강하다. 여차하면 책상에 놓고 튈 기세였다.

"선생님."

"알았어요. 대신 이번만이에요."

"우와, 알겠습니다."

원빈의 표정이 환하게 변했다.

"선생님이 받으셨어?"

그제야 머쓱한 듯 모습을 드러내는 광배와 수아.

"혼자 좋은 데 가서 죄송합니다."

창하가 답례를 했다.

"별말씀을… 당연한 일이죠. 솔직히 왜 하필 중국인지는 모르겠지만……."

수아가 볼멘소리를 했다.

"왜요? 저는 중국도 감지덕지인데?"

"뭐가 그래요? 기왕 법의학 연수나 시찰 보내려면 미국이나 영국, 독일 쪽이지 솔직히 중국 법의학은……."

"타산지석이라잖아요? 거기도 배울 게 있을 거예요."

"그건 선생님 말이 맞습니다. 어디서 뭔가를 배우고 말고 하는 건 자기 몫이니까요."

광배는 창하 편이었다.

"아무튼 잘 다녀오겠습니다. 그동안 국과수 잘 지켜주세요."

"네, 구경 많이 하고 맛난 음식도 많이 먹고 오세요."

셋의 인사를 받으며 복도로 나왔다. 소장에게 인사를 챙기고 과장 방에도 들렀다. 소예나를 비롯해 검시관들 방도 차례로 들렀다. 귀찮은 일이긴 했지만 어쩔 수가 없었다. 그때마다 장도 봉투가 쌓였다. 소장이 하나, 과장이 하나, 심지어는 길관민까지 봉투를 내주니 주머니가 두툼하게 바뀌었다.

"이 선생."

피경철도 이 일에는 예외가 아니었다.

"혹시라도 부검 강의나 시범 보일 일 있으면 본때를 보여주고 오라고. 대한민국 부검 에이스의 실력."

"그러죠. 그리고 빨리 돌아오겠습니다. 아니면 선생님이 제 몫의 부검까지 하느라 몸살 나실 테니."

"그런 걱정은 마시게. 미리 보약 챙겨 먹었고 아마도 하느님이 보우해서 오늘부터 부검이 팍 줄어들 거야."

"그랬으면 좋겠네요. 그럼 다녀오겠습니다."

인사를 끝으로 주차장으로 나왔다.

"선생님, 파이팅!"

따라 나온 원빈과 광배, 수아가 주먹을 쥐어 보였다. 피경철과 권우재도 그 뒤로 보인다. 손을 들어 보이고 차에 올랐다.

베이징.

살인귀가 활보하는 중국으로의 출발.

그러나 장소도 역할도 베일에 싸인 상황…….

'백택…….'

백택의 메스를 보았다. 두 백택 조각에서 탱탱한 서광이 흘러나왔다.

그들일까?

경찰병원에서 목격된 늘씬한 여자, 그리고 유수아가 노이즈 화면 속에서 증명한 160㎝ 키의 작은 여자. 그들이 중국과 일본으로 나뉘어 살광을 뿌리고 있는 걸까?

긴장감 속에서 시동을 걸었다.

부릉!

격랑의 중국, 그곳을 향한 출발이었다. 가는 길에 총리의 전화를 받았다. 격려와 함께 인천공항이 가까워졌다.

중국에 도착하는 동안 창하는 두 번 놀랐다. 하나는 비행기였다. 중국 국영항공사의 비행기 좌석은 1등석이었다. 문제는 1등석이 아니라 1등석실이었다. 총 20여 석에 달하는 1등석실은 텅 비어 있었다.

"아무 곳이나 앉으셔도 됩니다."

기장이 직접 나와 창하를 맞았다. 창하를 수행하는 사람은 총리실에서 나온 4급 서기관이었다. 그가 베이징 공항까지 동행하기로 하였다. 거기서 중국 관리에게 창하를 인계하고 헤어진다. 그런 다음 창하가 귀국할 때 다시 만나 서울까지 동행한다. 나머지 스케줄은 오직 중국 측만이 알고 있었다.

"보안을 위해 일등석실 전체를 비운 모양입니다."

서기관이 나지막이 속삭였다.

"굉장하군요."

창하가 웃었다. 신변 보장은 이미 결정되어 있었다. 그렇기에 큰 걱정은 하지 않았다.

두 번째 놀란 것은 차 안이었다. 공항을 나서자 검은 차량 두 대가 창하 앞에 멈췄다. 창하 옆에는 20대 후반의 여자가 앉았다.

"제 이름은 링링입니다."

'링링…….'

"죄송하지만 선생님."

한국말을 하는 그녀가 눈가리개를 내밀었다.

"보안이군요?"

창하가 물었다.

"네, 불편하시겠지만……."

"아닙니다. 비행기에서 잘 못 잤는데 눈 좀 붙이죠, 뭐."

"……."

"아, 그리고 중국어로 하셔도 됩니다. 제가 중국말 좀 알거든요."

"셰셰."

그녀가 웃었다. 눈가리개를 받아 머리에 둘렀다. 그대로 눈을 붙였다. 사실 피곤하기도 했다. 어젯밤의 분투 때문이었다. 밀린 부검 두 건을 기어이 마무리하고 만 것이다.

마지막 환자는 초기 치매 판정을 받은 할머니였다. 사인은 위점막 출혈. 진통제를 과량으로 먹었다. 그로 인해 급성 출혈이 생겼지만 주변 도움을 받지 못했다. 시신은 아침에, 할머니의 안부를 확인하는 요구르트 아줌마에 의해 발견되었다. 최근 많은 주민센터들이 이런 식으로 독거노인의 안부를 체크한다. 이런 제도가 없었다면 할머니의 시신은 한 달, 혹은 몇 달 후에 발견되었을지도 모른다.

약은 대량이었다. 거의 한 주먹 분량. 치매에 걸렸다지만 초기였으니 자발적 자살을 시도한 것 같았다. 이제는 자살 시신도 한두 번 본 게 아닌 창하. 하지만 이 경우에는 좀 슬펐다. 같이 나온 PTP 포장 때문이었다. PTP는 알약을 개별로 포장한 알루미늄이나 플라스틱 재료다. 그 또한 20여 개에 달했다.

죽어야지.

의지는 있었다.

하지만 PTP 벗기는 걸 잊어버렸다. PTP를 먹으면 어떤 일이 벌어질까? 운이 좋으면 그냥 배설된다. 하지만 그 반대가 되면 포장의 각진 부분이 식도의 점막 등을 찌르게 된다. 농양이 생기거나 식도 점막에 구멍을 낸다. 자칫 식도에 구멍이라도 나면 흉강으로 세균이 번져간다. 흉강에는 심장과 폐가 위치한다. 결국 사망의 원인이 될 수 있는 것이다.

PTP 포장…….

치매 할머니의 슬픈 의지를 지우며 잠을 청했다.

"선생님."

얼마나 달렸을까? 링링이 창하를 깨웠다. 가만히 있으니 그녀가 안대를 벗겨주었다. 굳이 주변 파악을 하려고 애쓰지 않았다. 국무총리와 서기관의 당부이기도 했다.

"어서 오십시오."

60대의 의학자가 젊은 의학자 둘을 거느리고 나와 창하를 맞았다. 지하 주차장이었다.

"연구원장님이십니다."

링링이 원장을 소개했다.

"우리말을 아시오?"

원장이 링링에게 물었다.

"의사소통이 가능하십니다."

링링이 답했다.

"다행이군요. 들어가시죠."

형식 같은 건 없었다. 창하는 연구원 자료실로 안내되었다. 벽을 보니 법의학 자료들이 가득했다. 중국의 법의학. 어느 정도 수준일까? 혹자는 평가절하 하는 사람도 있겠지만 천만의 말씀이다. 중국은 법의학의 시조로도 불린다. 그 시작은 서양을 훌쩍 앞서간다. 송대에 이미 최초의 법의학서가 나오고 있었으니 세원집록이 그것이었다.

농촌에서 낫 살인사건이 발생했다. 판관은 동네의 모든 낫을 강제로 수거하고 이름표를 달았다. 그걸 마당에 펼쳐놓으니 파리가 날아들었다. 사람을 죽인 낫에 파리가 꼬였다. 무려 법곤충학이었다. 현대에 들어서는 서양 법의학에 밀리지만 역사만큼은 찬란한 곳이 중국이었다.

창하 옆에 링링이 앉고 원장과 법의학자들이 맞은편에 앉았다. 다만 복장이 다른 한 사람이 배석했으니 그가 바로 중국 공안부의 부부장 오동티안이었다.

“고명은 익히 들었습니다.”

원장이 입을 열었다.

“얼마 전, 한국에서 기괴한 살인사건이 있었다고 들었습니다. 혹시 저희 사건에 대해서도 아는 바가 있습니까?”

“간단하게만 알고 왔습니다.”

“리 박사.”

원장이 법의학자를 바라보았다. 그러자 전면의 화면에 영상이 들어왔다.

“……!”

창하가 시선을 세웠다. 횡격막을 치고 들어가 감쪽같이 심장만을 따내던 한국의 미궁 살인. 그와 같을 것으로 생각하고 날아온 창하. 그러나 화면 속의 손상 부위는 횡격막이 아니었다.

‘오른쪽 옆구리…….’

열두 번째 갈비뼈 아래로 들어간 선명한 손상…….

딸깍!

그사이에 화면이 넘어갔나. 라인으로 보아 이번 시신은 어린 소녀였다. 그러나 그 소녀 역시 같은 부위의 손상이었다. 역시 열두 번째 갈비뼈 아래…….

기괴하다.

왜 저렇게 어색한 각도에서 적출을 감행했을까?

어쩌면 중국의 살인마는 한국과 다른 존재? 그도 아니면 살인 수법을 바꾼 것?

생각이 깊어지는 사이에 또 다른 화면이 나왔다.

이번 것은 한국의 경우와 같았다. 횡격막 아래로 들어간 전형적인 수법이었다. 둘은 다르고 하나는 같은 손상. 창하 머리가 바빠지기 시작했다.

*　　　*　　　*

"최근 우리 중국에서 일어난 기괴한 살인사건의 일부입니다."

일부!

창가 귀가 반응한 단어였다. 그렇다면 이들 셋 말고도 희생자가 더 있다는 뜻이었다. 채린의 이야기와 아귀가 맞기 시작했다.

"어떻습니까? 미궁 살인으로 불리던 한국의 사건은 선생께서 해결한 것으로 아는데……."

"다른 경우는 어떤가요? 손상 부위 말입니다."

"……?"

창하가 묻자 법의학자가 부부장 오동티안을 바라보았다.

"대다수는 세 번째 경우와 같습니다."

침묵하던 오동티안의 입이 열렸다. 그것으로 알 수 있었다. 여기 결정권자는 원장이 아니라 그였다.

"의아하군요."

창하가 슬쩍 간 보기에 들어갔다.

"뭐가 말입니까?"

"상식적으로 더 많은 케이스가 대표성을 띠는 것 아닙니까? 범행 역시 통계의 일부가 되는 것이고 법의학에도 통계는 중요한 사항입니다만."

창하의 목소리는 담담했다. 하지만 눈빛만은 강철처럼 단단하게 빛나고 있었다.

"표본 선정이 잘못되었다는 뜻입니까?"

"아직은 그렇게 말하지 않았습니다. 나머지 케이스가 준비되어 있는지 아닌지 모르니까요."

"……!"

오동티안의 미간이 실룩거렸다. 이미 시작되어 버린 창하와의 신경전. 그러나 창하 주장이 옳으니 뭉개고 가기도 어려웠다.

"뒤쪽도 보여 드리죠."

오동티안의 결정이 나왔다. 창하는 영상으로 시선을 옮겼다. 여기 구성원들에게는 관심이 없었다. 창하의 목적은 오직 미궁 살인이었다. 한국에서 멈춘 미궁 살인, 그것의 재판인지 아닌지…….

그녀의 소행이라면 여기서도 체포를 도와야 했다. 그렇지 않다면 이 살귀가 다시 한국으로 들어올 수도 있기 때문이다.

영상이 나왔다. 창하가 손을 들었다.

"뭐죠?"

법의학자가 나섰다.

"죄송하지만 희생자들의 나이도 부탁드립니다."

"그게 중요합니까?"

"예."

창하의 대답은 한마디였다. 그게 황당했던지 법의학자가 오동티안을 바라보았다. 오동티안이 끄덕 허락의 사인을 보냈다. 법의학자가 화면 조작을 하니 다른 파일로 대체가 되었다. 바뀐 화면의 시신에는 나이가 있었다.

28—7—78—27—68—38…….

희생자들 나이가 어지럽게 섞였다.

"죄송하지만……."

화면을 보는 상태로 주문을 넣었다.

"78—38—7—27—68—28세 순으로 화면을 바꿔주시면 고맙겠습니다."

"이봐요. 이건 사망 시각 순서대로 편집한 겁니다."

"부탁합니다."

창하는 군말을 달지 않았다. 법의학자가 말하는 사망 시각. 창하는 믿지 않았다. 중국이 최초의 부검서를 냈다지만 이 사건은 달랐다. 사망 시각은 부검의의 수준에 따라 달라질 소지가 있다. 사망 시각이 인접하면 더욱 그랬다.

다시 화면이 나왔다. 이번에는 창하가 주문한 대로였다. 나머지 여섯 손상은 모두 비슷했다. 국과수에 보았던 타입 2번에 속하는 손상이었던 것.

"중국 쪽의 부검 소견은 어떻게 나왔습니까?"

화면이 끝나자 창하가 물었다.

"우리는 아직 공식 입장을 정하지 못했소."

답은 원장 입에서 나왔다.

"그렇군요."

"시급한 것은 처음 보여 드린 경우라오. 그것부터 규명해 주시면 고맙겠소."

"시신을 봐야 합니다."

"준비되어 있소."

"그럼 가시죠."

"아직은 아니오. 조금 더 기다리십시오."

한마디를 남긴 그들은 말없이 퇴장을 했다. 오직 링링만이 창하 옆에 남았다.

"죄송해요. 이 일의 성격상 다들 신경이 곤두선 것 같네요."

그녀가 분위기를 정리했다.

"이해합니다."

창하가 웃었다. 특급 보안이라는 건 누누이 듣고 온 바였다. 중국은 아직 비밀이 많은 나라. 모르고 온 바도 아니니 조바심 같은 건 내지 않았다.

창하의 머리에는 사실 처음 본 두 구의 손상으로 가득 차 있었다. 오른쪽 옆구리로 들어간 손.

왜?

궁금증이 스멀스멀 피어올랐다. 살인마는 가차가 없다. 상대가 저항할 틈도 없고 그걸 허락할 정도로 나약한 것도 아니었다. 그런데 왜 그렇게 색다른 시도를 했을까? 한국의 그녀가 맞다면 오른손잡이. 평면 사진 한 장뿐이라 파악하기 힘들지만 사진만으로 보면 후면 공격의 형태였다. 지금까지 모든 살인 행각은 전면 공격. 그런데 두 경우에만 후면 공격이라니…….

뚜우!

30분쯤 지나자 인터폰이 들어왔다.

"준비하시죠."

링링이 일어섰다. 그녀의 안내에 따라 탈의실로 들어가 부검복을 입었다. 장갑에 마스크, 앞치마까지 두르니 비로소 중국에 왔다는 실감이 났다.

메스는 백택의 그것으로 준비했다. 출입국 편의를 봐주도록 사전 조율이 되어 통관에도 걸리지 않은 메스였다. 링링 역시 부검복으로 갈아입었다. 그녀도 입실한다는 뜻이었다.

"……!"

링링의 안내로 부검실로 향하던 창하, 그 반대편 유리 통로로 나가는 다른 부검의를 보게 되었다. 서양인 부검의 둘이었다.

이것 봐라?

'나만 온 게 아니야?'

머리에 짧은 섬광이 스쳐 갔다.

흥미가 돋았다. 한편으로는 이해가 갔다. 창하를 초빙할 정도로 급박하다면 다른 나라 부검의라고 초청하지 못할 이유가 없었다. 다른 쪽으로는 이 부검이 중국 측에 얼마나 중요한지 방증이 되는 순간이었다.

"들어가시죠."

링링이 보안 문을 열었다. 부검실은 문 하나를 더 지나고서야 보였다. 스테인리스 부검대 위에 놓인 시신은 셋이었다. 그 옆으로 오동티안과 원장, 법의학자 둘이 포진한다.

시신은 흰 천으로 덮여 있다. 그 천에 얼룩이 졌다. 누군가 시신을 보았다는 뜻. 이로써 창하의 생각이 입증되었다. 방금 전에 나간 두 서양인. 부검을 마치고 나간 것이다.

"……!"

그런 조건과 상관없이 창하의 피는 이미 끓고 있었다. 손에 든 백택의 메스도 저 홀로 뜨겁다. 시신들에서 피어오른 여덟 링 때문이었다. 앞쪽의 두 시신 것이 조금 더 흐리고 뒤쪽의 하나가 조금 강하니 사망의 차례도 알 것 같았다.

미궁 살인.

중국에서 재현된 것이다.

"시작하지."

원장이 신호를 보냈다. 옆에 있던 법의학자가 천을 걷었다. 처음 드러난 시신은 소녀였다. 사망한 지 꽤 된 것 같은데 보존 상태가 좋았다. 피부색이 고운 데다 몸매도 군살 하나 없었다. 하지만 결정적으로, 얼굴은 가려진 상태였다.

사앗!

다음 천은 굉장한 예우 속에 벗겨졌다. 여자의 천을 벗길 때와는 아주 달랐다.

그는 그냥 노년의 남자였다. 키도 작고 볼품도 없다. 그러나 손이 깨끗한 것을 보니 막 살던 사람은 아니었다. 그 역시 얼굴을 가렸다.

마지막 시신도 베일을 벗었다. 그는 28세의 농구 대표선수. 한국의 미궁 살인과 같은 손상이 또렷했다. 그는 얼굴을 개방하고 있었다.

세 시신은 공히 완전 부검이 끝난 상태였다. 그런 후에 닫았던 것을 다시 열어놓았다. 다만 심장 적출 부위만은 크게 건

드리지 않아 손상의 파악에는 큰 문제가 없는 상태였다.

"오늘만 몇 번째인가요?"

시신의 온도를 체크한 창하가 첫 발언을 내놓았다. 그 시선은 여자의 귓불과 젖가슴 위에서 남자의 이빨 사이로 번갈아 움직이고 있었다.

"예?"

법의학자가 돌아본다.

"몇 번째인지 물었습니다."

"그게 중요합니까?"

법의학자의 반응은 차가웠다.

"상황을 알아야 하니까요."

"세 번째요."

대답은 오동티안의 입에서 나왔다.

"앞선 부검에서 만족할 만한 답이 나오지 않았군요?"

"……."

"제가 해야 할 일이 무엇입니까?"

"중요한 건 여기 두 사람이오. 누가 죽였는지, 왜 죽였는지……."

"마지막 남자는 대조용인가요?"

"그건 아무래도 상관없소."

"두 사람에 대한 상황 정보가 필요합니다."

"시신으로 충분하다고 생각합니다만."

"시신 외에는 아무런 정보도 제공되지 않는단 말인가요?"

"부검의에게 시신보다 중요한 게 있습니까?"

"부검의는 신이 아닙니다만."

"다른 것들은 우리가 이미 다 확보한 상태입니다. 심지어는 용의자들까지도. 당신은 그저 이 시신들에서 살인 도구나 범인의 단서, 다른 심장 적출과의 차이점 등을 찾아주면 됩니다."

닥치고 부검?

그 말이다.

창하 핏대가 살며시 올라왔다.

"앞서 나가신 부검의들도 그랬습니까?"

"물론이죠. 미국과 독일에서 초빙한 정상급 부검의들이었습니다."

"하지만 유의미한 답이 나오지 않았죠. 만약 만족스러운 답이 나왔다면 제가 들어올 필요도 없었을 테니?"

"……?"

"미안하지만 저는 이런 식의 부검은 해본 적도 없고 할 생각도 없습니다. 정상적인 상황의 자료를 제공하지 않으신다면 그냥 돌아가겠습니다."

"뭐라고요?"

"그쪽 분들 신분은 모르지만 나는 의료인의 한 사람이자 부검의로서 당신들이 원하는 보안에 대해 동의를 하고 왔습니다. 그건 보안을 떠나 의료인의 의무이기도 하고요. 그런데 상황 정보의 제공도 없이 닥치고 부검이라니 이게 합리적인 의뢰라고 생각합니까?"

"이 선생님, 당신보다 더 명망 높은 미국과 독일 부검의들도 우리 방침을 따랐습니다. 그중에는 밀턴 헬펀 상을 두 번이나 수상한 사람도 있었고요."

"나는 그 사람들이 아니니까요. 똑같이 행동하고 똑같이 생각하는 부검의라면 세 나라에서 초청할 필요가 있을까요? 아무나 한 명을 초청하면 되었을 것 아닙니까?"

"……."

"저를 초청하신 분께 여쭤봐 주십시오. 허락이 떨어지면 성심껏 사인을 밝혀 드릴 것이요, 아니면 돌아가겠습니다."

"……!"

창하의 승부수였다. 오동티안의 눈 속에서 출렁이는 짜증 따위는 보지 않았다. 미궁 살인인 것은 100%, 그렇다면 이 사건의 해결자는 오직 창하뿐. 그런 차에 비굴하게 답을 내주고 갈 생각은 없었다.

"당신, 그렇게 자신이 있는 거요?"

오동티안이 다시 물었다.

"아니면? 당신들은 나를 왜 초청했습니까? 미국이나 독일 부검의들처럼 명망도 없는 나를?"

"……."

“중국 땅에 천리마를 알아보는 백낙이 많다기에 기꺼이 날아왔습니다만 미국과 독일 부검의들의 명망에 취해 백락의 눈이 멀었나 봅니다.”

창하의 눈빛이 오동티안을 겨누었다.

오동티안.

국무원 구성원이자 공안부 부부장의 신분. 내심 미국과 독일의 부검의들을 기대하고 있었다. 현대 법의학의 선진국인 까닭이었다. 그 둘은 그 자신이 섭외한 전문가들. 그러나 창하는 서열 최상위급에 속하는 라오서가 추천한 케이스였다. 그의 입지가 있으니 수용은 했지만 은근히 한국을 무시하던 오동티안. 자신이 추천한 두 나라의 부검의들이 손을 들고 나갔으니 대안이 없었다.

“좋소. 당신이 천리마의 능력이라면 현재의 상황만으로 이 두 시신의 인과관계를 말해보시오. 맞춘다면 당신의 요청을 전격 수용 해드리죠.”

“둘은…….”

여자의 귓불을 바라보던 창하, 무심할 정도로 담담하게 말을 이었다.

“같은 장소에 있었죠?”

“…….”

“둘은…….”

오동티안에게 바짝 다가선 창하, 그 귀에 대고 뒷말을 밀어 넣었다.

"유사 정사를 벌이던 중에 살해당했습니다."

"……!"

유사 정사.

콰앙!

정사 앞에 붙은 한 단어가 불벼락이 되어 오동티안의 머리를 치고 갔다. 그러나 그 불벼락은 한 번으로 끝나지 않았다.

"동녀동침(童女同寢)이죠."

콰앙!

불벼락 한 번 더.

"피살 당시 아마도 남자가 여자 위에 올라간 기마 자세였을 겁니다."

퍼엉!

이제는 아예 화산 폭발이었다. 오동티안은 그 충격을 이기지 못하고 비틀거렸다.

"부부장님."

원장과 법의학자들이 기겁을 하지만 창하는 눈도 깜빡하지 않았다.

승부수.

창하의 승부수였다. 만에 하나라도 틀리면 대한민국 법의학 체면이 바닥으로 처박힐 일. 그러나 주저가 없었으니 그 진위는 부부장만이 알 일이었다.

주사위는…….

던져졌다.

제6장

파죽지세, 국가대표 검시관

부부장 오동티안은 한동안 숨을 몰아쉬었다. 그러나 강단이 있는 그였으니 바로 정신을 수습하고 일어섰다.

"따라오시오."

그가 부검실을 나갔다. 창하의 승이었다.

톡!

작은 회의실 안에서 그가 노트북 전원을 눌렀다.

"미리 서약을 하고 왔다지만 한 번 더 말합니다. 이건 우리 중국 국가 1급 비밀이오. 우리가 먼저 공표하기 전에는 죽어도 발설해서는 아니 되오."

"그건 기본이니 염려치 않아도 됩니다."

톡!

창하의 답과 함께 화면이 나왔다. 초호화의 침실이었다. 침대는 금빛으로 찬란했다. 잡티는 몇 방울의 혈흔뿐이었다. 순식간의 심장 적출. 그렇기에 출혈조차 많지 않았다.

창하의 예상은 완전 적중이었다. 그 침대 위의 두 사람. 조금 전 부검대에서 보았던 둘이었다. 청초한 소녀는 아래에 엎드렸고 노년의 남자는 그녀의 등 위였다.

"유사 정사라고 했습니까?"

오동티안이 물었다.

"예."

"정사라고 했다면 당신도 돌려보냈을 거요. 앞서 돌아간 두 부검의들처럼."

"……."

"어떻게 아셨소?"

"여자의 몸에 새겨진 자극들 말입니다. 조금 더 가면 사디스트인데 그 정도는 아니었습니다. 게다가 질 입구의 자극이 좀 심했지요. 그러나 성폭행까지는 아니니 유사 성행위밖에 남는 게 없습니다. 만약 남자가 정력이 왕성했다면 그렇게 심한 간접 섹스를 하지는 않았을 테니까요. 이 말의 진위는 두 남녀의 입속과 유두, 나신, 페니스 등을 검사하면 증명이 될 겁니다. 남자의 DNA가 나올 겁니다."

DNA.

그것은 곧 타액의 접촉. 즉 남자의 혀가 닿았다는 뜻이었다.

"그래서 여자의 젖가슴과 귓불, 남자의 치아 등을 살핀 것이오?"

"치흔과 불일치한다면 두 사람은 각기 다른 곳에서 시신이 되었을 것 아닙니까?"

"그럼 도그 자세는 어떻게 추론을?"

"세 시신의 범인은 한 사람입니다. 손상의 형태가 살짝 다르긴 하지만 그건 공격 자세와 각도 때문. 남자의 각이 여자의 것보다 완만하니 위에 위치한 게 맞습니다. 만약 여자가 위에 있었다면 여자 몸에 난 애무의 상흔도 그렇게 많을 리 없고요."

"우리 상무위원께서 혜안은 혜안이시군."

오동티안이 고개를 저었다.

창하를 인정하는 것이다.

화면이 제대로 나오기 시작했다. 첫 부검 장면이었다. 보기만 해도 오싹할 정도로 삼엄한 분위기였다. 죽은 남자의 위상을 알 것 같았다. 외표 검사가 끝나고 가슴이 열린다. 옆구리 손상을 두고 10여 명의 부검의가 의견을 나눈다. 화면에 클로즈업된 남자와 여자의 옆구리 손상. 총도 아니고 칼도 아니니 그들 모두가 황당할 뿐이었다.

"1차 부검에서는 결론이 나오지 않았습니다."

톡!

오동티안이 다른 영상을 틀어놓았다. 이번에는 다른 부검의들이 보였다. 장소도 달랐다. 1차 부검과는 달리 부검의는 셋이었다. 하지만 포스는 더 강력해 보였다. 중국 각지에서 선발한 사람들로 보였다. 그러나 결과는 같았다. 셋은 진땀으로 부검복을 적셨지만 정확한 결과는 내놓지 못했다.

"2차도……."

그 말과 함께 여러 시신들이 이어졌다. 이번에는 모두 정형화된 횡격막 아래의 손상이었다.

"솔직히 우리는 아직도 이 손상의 도구를 밝히지 못했습니다. 전국에서 자행된 심장 적출 범죄가 모두 42건. 종합해 보니 같은 계열의 손상은 모두 아홉 건. 하지만 처음 자행된 이 둘의 손상은 아무래도 차이가 있어 심층 수사가 필요했습니다. 같은 범인인지 아니면 당의 내분을 노리는 불손한 자들의 소행인지. 이분이 우리 중국 공산당에서 차지하는 비중이 엄청나거든요."

오동티안의 손은 남자 시신의 평상시 사진을 가리키고 있었다.

"범인 추적은 어떻게 되고 있습니까?"

"전국적으로 2만 명 가까운 용의자를 체포하거나 추적 중입니다. 하지만 범인으로 확증할 만한 사람은……."

"이 두 사람만으로 좁히면요?"

"용의자는 60여 명에 달합니다."

"어떻게 선별하셨죠?"

그게 궁금했다. 중국은 CCTV의 나라. 안면 인식 기술이 뛰어나다니 한국과는 경우가 다를 수 있었다.

"솔직히 이 사건은 우리 공안부로서도 초유의 경험입니다. 왕 의원의 사택에는 네 개의 CCTV가 있었고 그곳으로 통하는 도로와 길목에도 20여 개의 카메라가 있었습니다. 하지만 범행 장면이라든지 특정한 용의자는 나오지 않았습니다. 그저 관련자들을 데려다 조사를 하면서 색출하고 있을 뿐."

"……."

창하가 숨을 골랐다. 역시 미궁 살인마들이다. 중국이 자랑하는 안면 인식 기술도 그들 앞에서는 무용지물에 불과한 실정이었다.

"용의자 중에 범인이 있다고 보십니까?"

"엎친 데 덮친 격으로 왕 의원께서는 어린이와 청소년을 관장하고 독려하는 분으로 중국 전체의 인재 육성을 맡고 있습니다. 선생 말을 들으니 그림이 맞는 게 우리 왕 위원… 아마도 동녀동침이 상습적이었던 것 같습니다. 그걸 위해 다른 현안을 양보하고 어린이와 청소년을 담당했던 것 같고요. 그동안 몇 가지 정황과 함께 첩보가 있었지만 그분의 위상 때문에 감히 공론화하지 못하던 참인데……."

"……."

"이 사건은 서북 지역의 청소년 인재들을 위로하던 저녁 행사 중에 일어난 참극입니다. 관련자들 등급을 나누어 조사를 했는데 역시 신통하지 않습니다."

"확신이 없는 쪽이군요?"

"그렇습니다."

"이분 심장은 튼튼하셨죠?"

"안 열어보고도 그걸 아십니까?"

"여자아이도 그럴 거고요?"

"예, 그 아이가… 성 대표 수영선수로 중국 신기록 보유자였습니다."

"다른 희생자들 모두 강철 같은 심장을 가지고 있었을 겁니다. 거기에 음력 보름을 전후한 시기에 희생, 피살 장소는 그들 거처를 기준으로 서쪽."

"아, 그게 그렇게 되는 겁니까? 우린 거기까지 생각지 못했는데……."

오동티안이 혀를 내둘렀다. CCTV에 대한 과신 때문이었다. 안면 인식 테크닉이 세계 최고에 속하는 중국. 그 과신에 빠졌으니 CCTV에 보이지 않는 범인 분석에 실패할 수밖에 없었다.

"이제 부검실로 가시죠."

창하가 일어섰다. 물꼬가 시원하게 트이니 전반적인 사건 정보를 다 내준 오동티안. 더는 궁금할 것도 없으므로 부검으로 마무리 지을 생각이었다.

왕 의원이라는 중국 정부의 권력자. 아마도 소녀경의 흉내를 낸 것으로 보였다. 몸은 말을 안 듣지만 성욕은 가라앉지 않은 남자. 권력에 돈까지 있으니 후안무치한 행위를 일삼았다. 혀와 손, 혹은 기구로 순결을 농락한 것이다.

안타까운 건 여자아이였다. 그 나이에 본인이 좋아서 남자의 시중을 들었을 리 없었다.

스릉!

남자 시신 앞에서 메스를 뽑았다. 백택의 메스에서 터질 듯한 폭광이 튀어나왔다. 물어뜯을 듯 으르릉거린다. 그러자 남자 위에 서리던 여덟 백택의 링이 시들, 꼬리를 내렸다.

시신을 엎어놓고 원인을 더듬어갔다. 인체의 오른쪽, 열두 번째 늑골 아래를 치고 들어가면 상행결장과 횡행결장의 모서리가 나온다. 그 바로 위에 간이 위치한다. 손은 그 틈을 헤집고 들어가 심장을 잡았다. 횡격막을 통해 들어간 것보다 한참 깊었다. 팔뚝까지 들어갔을 테니 손상의 형태도 달랐다. 중국 부검의들이 다른 일곱 건의 사건과 독립적으로 생각하게 된 원인이었다.

각도가 접히다 보니 간과 위에 약간의 손상을 주었다. 둘을 동시에 취하려는 욕심 때문이었다. 당한 두 사람의 입장에서는 하필이면 9차 마방진의 순서에 해당하는 나이가 비극의 씨앗이었다.

—

손상은 한국에 비해 하단이 거칠었다. 깊이 들어갔다 나오려니 부작용이 생긴 것이다. 그런데 그 부작용이 하나의 결실을 안겨주었다.

나이 먹은 사람은 척추뼈가 변한다. 그 끝이 가시처럼 튀어나오니 뼈 가시라고 부를 정도다. 반면 젊은 사람의 척추는 거의 사각으로, 튀어나오는 부분이 없다.

심장의 후면을 잡은 것과 달리 전면을 잡은 손, 그렇다면 그 안에서 손을 뒤틀었을 수 있었다. 그렇게 되면 손이 뼈 가시에 긁힐 수 있었다.

심장이 위치하는 3—4—5번의 척추 돌기 부위를 면봉으로 차분하게 닦아냈다.

"DNA 검사를 좀 부탁합니다. 일반적인 DNA와는 다른 게 나올 수 있으니 간과하지 마시고요."

샘플을 넘기며 또 다른 검사도 부탁했다. 손상 부위의 혈흔 확인 검사였다.

남자와 여자.

누가 먼저 죽었을까? 큰 의미가 없기는 해도 부검이라면 반드시 수행해야 할 검사였다. 그러자면 손상 부위의 혈흔검사가 적합했다. 만약 여자의 손상에서 남자의 혈흔이 나온다면 남자가 먼저 당한 것이다. 남자를 찌른 손이 여자에게 들어간 것이기 때문이었다.

부검을 마친 창하, 사망의 도구부터 밝혀주었다.

손.

이 증명은 국과수 때와 다르지 않았다. 다른 무엇으로도 설명할 수 없는 심장 적출. 중국의 부검의들 또한 고개를 갸웃하지만 동물 실험과 손상의 비교 결과를 보고는 군소리를 달지 못했다.

"범인은 한 사람입니다."

두 번째 결과를 내주었다. 남은 일곱 시신의 손상과 다른 차이는 심장의 전면을 잡고 적출, 더 깊이, 더 많이 들어간 차이뿐, 관상동맥을 잡아 끊은 형태가 일치하니 그 또한 군소리의 대상이 아니었다. 마무리는 그들 컴퓨터공학으로 재현한 손상 부위의 윤곽도가 해결을 했다.

그 순간, 또 다른 쾌거가 날아 들어왔다.

"비정상이지만 DNA가 검출되었습니다."

"뭐야?"

오동티안이 벼락처럼 반응했다. 창하의 말이 또 한 번 들어맞는 순간이었다.

"공안부에 연락해서 당일 왕 의원의 집에 다녀간 사람 전부 소환해서 DNA 대조해. 조사받은 사람, 현재 받는 사람, 앞으로 조사할 대상자까지 전부. 지금 당장."

오동티안의 특명이 떨어졌다.

"죄송하지만 부부장님."

창하가 말문을 열었다.

"말씀하세요. 뭐든지……."

오동티안이 기꺼이 반응했다.

"범인 체포 말인데요, 제가 자문을 드려도 될까요?"

"대환영합니다."

"그럼……."

창하가 핸드폰에서 몽타주를 열었다. 경찰병원 뒤뜰에서 구한 흰 모란꽃의 미녀였다.

"선글라스 때문에 얼굴 읽기는 힘들겠지만 혹시 이 사람을 조사한 적이 있는지 좀 알아봐 주시겠습니까?"

"범인으로 의심되는 사람입니까?"

"확인부터 부탁드립니다. 조용히 말입니다."

"알겠습니다."

오동티안이 화면을 찍었다. 그런 다음 공안부로 보내 수사 내역을 훑었다. 국가 최고 요인이 관련된 사건. 그들의 반응은 총알처럼 빨랐다.

"왕 위원 사건의 주요 관련자가 아니랍니다. 주요 관련자들은 행사에 참석한 사람들인데 이 사람은 CCTV에 찍힌 사람이 아니라 집중 조사 대상이 아니었다고 합니다."

CCTV.

역시 그게 구멍이었다.

"믿으실지 모르지만 범인은 특이한 체질로 CCTV에 찍히지 않습니다."

"그, 그런?"

"아무튼 얼굴을 알아보는 건 목격자가 있었다는 얘기군요?"

"대상자를 선별하던 담당자가 기억하고 있습니다. 선글라스를 쓰지 않았으니 100% 확신은 아니지만 어쩌나 선량한지 범죄하고는 거리가 멀었다고 합니다."

"제가 직접 확인을 좀 할 수 있겠습니까?"

"이 선생님이요?"

"하지만 최정예 공안 팀을 붙여주셔야 합니다."

"특별 팀 여덟 명을 붙여 드리죠."

"아뇨. 만약 그 여자가 범인이라면 그것 가지고는 어림도 없습니다."

"그럼 얼마나?"

"중무장한 경찰로 최소한 300명 정도 풀어주십시오. 그것도 공안부 최고의 팀으로."

"이 선생님."

"맨손으로 사람의 심장을 따는 괴력입니다. 무술 좀 하는 여자라고 판단하면 엄청난 희생이 따를 수 있습니다."

"잠깐만요."

오동티안은 잠시 생각에 잠겼다. 그러더니 공안부에 연락해 CCTV 체크를 지시했다. 그 여자의 주변이었다.

"……!"

보고를 받은 오동티안의 얼굴이 하얗게 질리는 게 보였다. 이웃의 공산당원 증언은 그녀가 이따금 외출을 한다는 것. 그러나 여자의 집 주변 CCTV에는 그녀가 잡히지 않았다.

전혀.

"선생 말대로 조치하겠습니다."

그제야 오동티안이 창하의 콜을 받았다.

"소리 없이 은밀하게. 여자가 범인이라면, 눈치를 차리는 즉시 중국을 떠날지도 모르는 일입니다."

"그렇게 하죠."

눈에 그리는 듯 사건을 분석해 내는 검시관. 밀지는 일이라고 해도 이제는, 따르지 않을 수가 없었다.

그로부터 두 시간 후.

창하는 고택으로 이어지는 골목 앞에 멈췄다. 옆에는 사복 차림의 여자 공안 팀 세 명이 따르고 있었다. 나머지 팀들은 고택 300m 안에 촘촘하게 포진을 했다.

"여깁니다."

공안 팀의 한 여자가 고택을 가리켰다. 베이징 후통의 집들처럼 세월이 깃든 고택. 담쟁이넝쿨이 무심토록 고풍스러운 느낌을 더하고 있었다.

"구조상 방 네 개에 주방 하나입니다. 마당에 작은 정원과 뒤뜰의 공간, 주인은 82세의 장귀얀이라는 사람인데 상하이의 아들 집으로 가면서 임대를 놓았다고 합니다."

"……"

"주변 CCTV 확인 중에 있습니다만……."

"됐습니다."

창하가 그 말을 막았다. CCTV로는 확인이 안 되는 사람. 굳이 시간 낭비를 할 필요 없었다.

"들어가 보시죠. 제가 확인 눈짓을 보내면 눈치껏 피해야 합니다. 뒤에 특별 팀이 대기 중이니 공연히 검거하려고 시도하면 당신 목숨이 위험해집니다."

한 번 더 경고를 하는 창하. 중국 대표 택배인 차이나 포스트 택배원으로 변장한 여자의 등을 밀었다.

끄덕!

팀원들과 눈짓을 나눈 여자가 고택을 향해 걸었다.

꿀꺽!

창하는 마른침을 넘겼다. 저 고택 안, 과연 범인이 있을까?

딩동!

택배원이 인터폰을 눌렀다.

반응이 없다.

딩동!

한 번 더.

그래도 반응 무.

"여보세요. 장귀얀 선생님, 택배 왔습니다."

주인을 이름을 앞세워 대문을 두드리는 택배원. 몇 번을 두

드리지만 안에서는 반응이 없었다.

없나 본데요?

택배원이 사인을 보냈다.

—한 번 더 두드려 봐.

팀장 지시가 날아갔다.

"여보세요, 장귀얀 선생님!"

택배원이 문을 흔들 때였다. 만리장성처럼 대답이 없던 낡은 대문이 소리도 없이 열렸다. 그리고 그 틈으로 여자가 나왔다.

'억!'

그걸 본 창하가 휘청 흔들렸다. 몽타주 대조 따위는 필요 없었다. 그녀보다 백택 여덟 링의 사기가 먼저 밀려 나온 것. 그사이에 문을 열고 나온 그녀, 창하와 눈이 마주쳐 버렸다. 그녀의 눈에 천지개벽의 공포가 번지는 게 보였다.

"범인입니다."

창하의 사인이 떨어졌다.

*　　　*　　　*

범인!

그야말로 전광석화가 무엇인지 보여주었다. 창하와 시선이 마주치기 무섭게 시작된 그녀의 폭주는 한마디로 벼락의 난

무였다.

서벅!

소리 아닌 소리와 함께 택배원의 목이 돌아갔다. 즉사다. 그런 다음 창하의 반대편으로 뛰었다. 그녀의 도주는 필사적이었다.

“범인이 도주합니다. 작전 개시하세요.”

팀장이 소리치는 사이 그녀는 벌써 저만치 멀어졌다.

“쫓아!”

두 여자가 달리기 시작했다.

“안 돼요. 체포 팀에 맡기세요.”

창하가 소리치지만 두 여자 공안은 추격을 멈추지 않았다. 여기서 창하는 또 하나의 비극을 보았다.

인간 이상.

그렇게 강조했건만 오동티안의 초동 대처는 허술했다. 최강의 공안 팀이 아니라 숫자를 믿은 것이다. 도주로에서 경고음을 울려대던 공안 30여 명은 불과 수십 초 만에 사상자로 변했다. 그 2선의 포위망 또한 마찬가지로 속절없었다. 작은 도로를 막아선 공안은 수십 명이었지만 근접 살육을 벌이는 그녀의 상대가 되지 않았다.

퓻!

춧!

손이 들어가면 내장이 딸려 나오는 것이다.

탕!

결국 실탄이 날아갔다.

탕탕!

총소리가 높아지는 순간 오동티안의 얼굴이 사색으로 변했다. 그 자신의 앞으로 폭주하는 아름다운 미녀는 중국영화에서나 봄직한 미녀 살귀의 재현이었다. 전광석화 같은 몸짓에 움직일 때마다 치명타를 입는 공안들. 수백 명을 동원해 만든 포위망이었지만 이제 숫자가 주는 안도감 같은 건 신기루에 불과했다.

"부부장님."

창하가 소리쳤다.

"……"

부하들 틈 속의 그는 입도 제대로 열지 못했다. 눈앞에 펼쳐지는 피바다 때문이었다.

"이렇게는 안 됩니다. 인간 이상이라고 말했잖아요?"

"그게……"

"더 강력한 조치를 내리세요. 경찰특공대 같은 최정예 말입니다."

"알겠습니다."

그가 무전기를 꺼내 들었다. 그사이에도 살인마의 몸부림은 엄청난 희생을 낳고 있었다.

타다다다!

오래지 않아 총소리가 빨라졌다. 결국 최정예 공안 팀의 출격이었다.

"실탄 사격, 보이는 즉시 사살해도 좋다."

최정예 팀장에게·사살 명령을 내리는 오동티안. 중무장한 공안들이 포위망을 좁히는 동안에도 다른 공안들의 희생은 늘어갔다.

"우어엇!"

"어헛!"

비명 소리는 짧았다. 그건 겁에 질린 목숨이 내는 마지막 소음이었다.

"뭐 하나? 서둘러."

오동티안의 목소리가 높아지는 순간, 바람처럼 솟구친 살인마가 시선에 들어왔다. 벽을 차고 공안 순찰차 위로 올라선 살인마, 훌쩍 몸을 던져 오동티안을 향해 날았다.

"……!"

죽어.

오동티안은 보았다. 지상에서 가장 아름다운 얼굴. 지상에서 가장 순수한 미녀. 그녀의 눈이 뒤틀리며 뿜어내는 발악의 극한. 그 공포에 홀린 오동티안과 링링은 몸이 마비되고 말았다.

탕탕!

부하들의 권총이 불을 뿜었다.

한 발이 살인마의 옆구리를 뚫지만 폭주는 멈추지 않았다.

"부부장님, 링링, 위험합니다."

주변의 부하들이 소리치지만 살인귀의 마수는 두 사람의 코앞이었다. 그 양손이 오동티안과 링링의 복부에 닿는 순간.

픗!

창하 손에서 메스가 날아갔다. 총이 없는 창하. 자구책은 그것뿐이었다.

[古代精氣 殺人魔 人的形象 但以上]

인간이되 인간 이상.

[白澤用枯死 只有那一个方法]

오직 백택으로 말라 죽는다.

창하가 기대는 믿음이었다.

"끼에엣!"

퍽!

메스가 그녀의 심장을 때렸다. 그러자 살인마의 괴성이 먼 탁삭산의 정상까지 닿을 듯 찢어졌다.

"부부장님!"

공안들이 몰려들었다. 살인마는 웅크린 자세로 움직이지 않았다. 그 시선은 가슴에 꽂힌 백택의 메스에 있었다. 떨리는 손으로 메스를 뽑는다. 그걸 두 손으로 든 채 창하를 바라본다. 그 시선은 이미 퀭하니 비었다. 살광뿐만 아니라 생명의 서기마저 무너진 모습이었다.

"꾸엣!"

마침내 살인마가 옆으로 넘어갔다.

"어허허억!"

몸서리치는 부부장은 창하가 부축했다.

"괜찮습니까?"

"당신……."

"링링?"

이어 링링까지 챙기는 창하.

"저도… 대체 어떻게 한 거죠?"

"제가 운이 좋았나 봅니다."

살인마에게 다가가 메스를 집어 들었다. 메스 끝에 묻은 피가 톡 하고 흘러내렸다.

"뭐 하나? 체포해."

오동티안의 불호령이 떨어졌다. 공안 수십 명이 달려들어 살인마를 제압하고 수갑을 채웠다. 포승줄도 겹겹이었다.

띠뽀띠뽀!

구급차가 십여 대 도착했다. 살인마 후송이 먼저였다. 최정예 공안원 여덟이 중무장으로 동승한 가운데 대형 앰뷸런스가 질주했다. 앞과 뒤에는 경찰 차량이 다섯 대씩 붙었다. 부상당한 공안원과 사망자들의 앰뷸런스까지 뒤를 이으니 주변은 비로소 안성을 찾게 되었다.

공안은 집 안팎의 수색에 나섰다. 지하실에서 적출된 심장이 나왔다. 그걸 본 공안 중 두 명은 그 자리에서 실신해 버렸다. 한국에서 적출한 심장도 거기 있었다. 대체 어떻게 반출한 걸까? 모든 것이 의문투성이인 살인마들이었다.

"이 선생님."

압수를 끝낸 오동티안이 창하를 바라보았다.

"덕분에 범인을 잡았습니다."

"하지만 희생이 너무 컸습니다. 부부장님도 당할 뻔하셨고요."

"면목 없습니다. 솔직히 그 정도 위력일 줄 몰랐습니다."

"어쨌든 무사하셔서 다행입니다."

"이 은혜 평생 잊지 않겠소."

"일단 범인에게 가시죠. 당장 죽지는 않을 겁니다."

"범인이 당신을 두려워하는 것 같던데 같이 가주시겠소?"

"그러죠."

오동티안의 콜을 받았다.

애애애앵!

핏빛 찬란한 사건 현장을 뒤로하고 공안 차량이 폭주했다. 희생은 엄청났다. 순직한 공안이 12명에 중상자만 39명. 그래도 범인을 잡은 건 수확이었다. 게다가 백택의 메스를 맞았다. 살육 능력의 박탈이다. 남은 건 그의 자백뿐이었다.

한국의 박상도는 입을 열지 않았다.
그녀는 어떨까?

「장혜수 27세, 중국 국적으로 한국 코어 스포츠과학연구소 파견 직원」

신분을 전해 들은 창하, 한국의 채린에게 전화를 걸어 그녀의 전력을 추적할까 싶었지만 중국 측에서 답을 주었다.

「한중 합작인 멀티 코어 연구소 근무 중, 협심증으로 급사 판정, 그러나 심정지 10여 분 후에 기적적으로 깨어남」

그녀의 전력은 박상도의 판박이였다. 그렇다면 그녀도 심정지 상태에서 살인귀가 이입된 셈이었다.

"보시죠."

병실에 들어선 오동티안이 범인을 가리켰다. 온몸이 결박된 상태로 온갖 생명 유지 장치를 단 범인은 초점 없는 눈으로 허공을 보고 있었다.

하지만.

창하가 다가서니 바로 눈동자에 지진이 인다. 이마에는 식은땀, 미친 듯이 경련하는 안면 근육과 입술… 그걸 본 오동티안이 요원들과 의료진을 내보냈다.

"선생을 의식하는 모양입니다."

"저만치 좀 비켜주실 수 있겠습니까?"

"위험할 수 있습니다."

"이 여자는 저를 해치지 못합니다. 보시다시피… 겁을 먹고 있잖습니까?"

"으음……."

오동티안이 창가로 물러났다.

"장혜수?"

창하가 범인을 향해 입을 열었다.

"……."

공포에 치를 떠는 그녀 앞에 백택도 부적과 도부 부적을 보여주었다.

"끼에……."

그녀의 공포가 깊어졌다. 다음으로 백택의 메스를 슬쩍 겨누었다. 범인은 온몸을 웅크린 채 공포에 떨었다.

"너희들, 몇 명이야?"

"끼에……."

"말해. 대체 이번 시대에 몇 명이 난동 중인지."

"……."

"어서."

창하 손의 메스가 그녀의 눈과 가까워졌다.

"싼!"

마침내 그녀의 입이 열렸다. 그 소리를 들은 오동티안의 입이 쩌억 벌어졌다. 벌써 수많은 베테랑 심문 팀을 투입했던 공안부. 그럼에도 열리지 않던 범인의 입이 열린 것이다.

"셋?"

끄덕!

"그럼 나머지 하나는 어디에 있어? 일본인가?"

끄덕!

'젠장!'

장혁이 전해주던 일본의 뉴스. 이로써 그 또한 모방 살인은 아닌 게 밝혀졌다.

"너희 셋을 조종하는 자가 있나?"

끄덕.

"누구야?"

설레설레.

"몰라?"

끄덕.

"그게 말이 돼? 그럼 어떻게 너희를 조종한다는 거야? 어서 말해."

이제는 그녀의 심장에 가까워지는 백택의 메스.

"탁삭산 귀문."

그 공포에 질린 범인이 또 한 단어를 쏟아놓았다.

"탁삭산?"

창하가 바라보는 순간, 그녀의 눈빛이 까무룩 저물었다.

"부부장님, 범인 숨이 넘어가는 것 같습니다."

창하가 오동티안을 불렀다. 곧 바로 10여 명의 의료진이 달려왔다. 하지만 그녀의 목숨을 건지지 못했다. 백택 메스를 맞은 범인. 공포에 질린 표정으로 사망하고 말았다.

탁삭산 귀문.

오동티안. 다행히 그는 중국 고전 문화에 정통한 사람이었으니 황제와 백택의 고사에 대해 알고 있었다. 창하가 내민 백택부와 도부를 지켜본 오동티안. 기이한 살인사건과 매칭시키니 믿지 않을 수도 없었던 것. 결국 그는 중국 고문화에 정통한 전문가들을 찾아 탁삭산에 존재하는 귀문(鬼門)의 폐쇄를 명하게 되었다. 그게 성공하게 된다면 60년 주기의 악몽은 끝나게 되는 것이다.

그렇게 창하를 신뢰하게 된 오동티안, 장혜수의 부검도 창하에게 맡겼다. 병원에 마련된 특별 부검실이었다. 중국의 내로라하는 부검의와 해부학자 등 100여 명이 지켜보는 가운데 창하의 메스가 시신에 길을 냈다.

"……!"

모두가 소스라쳤다. 장혜수의 심장은, 말라비틀어진 고목처럼 시들어 있었다. 범행 도구이기도 했던 오른손의 근육 역시 놀라움을 주기에 충분했다. 거의 로봇에 가깝게 특화된 근육들이었던 것.

창하가 물러서니 중국 부검의들이 확인에 돌입했다. 하지만 그들의 메스는 제대로 먹히지 않았다. 그사이에도 장혜수의 고사(枯死)는 진행 중이었으니 찰고무 같은 피부가 되어버린 것.

짝짝짝!

창하가 부검실을 나올 때였다. 복도에 도열한 중국 부검의들의 박수 소리가 들렸다. 박수로 한국 대표 부검의 창하를 인정하는 중국 부검의들. 그들을 향해 겸허한 인사를 남기고 돌아섰다.

"들어가시죠."

샤워까지 끝나자 오동티안이 방 하나를 가리켰다. 그 문을 여니 중후한 한 인물이 보였다.

라오서!

중국 권력 서열 3위의 인물. 훗날 중국 주석이 되는 라오서의 등장이었다.

"이창하 선생?"

그가 다가와 창하 손을 잡았다.

"우리 중국 법의학이 하지 못한 일, 속 시원하게 규명해 주셨소. 게다가 범인까지 잡아주니 참으로 수고가 많았소이다."

"예."

"이건 내가 특별히 내리는 상이오. 부디 받아주시오."

라오서가 작은 상자를 내밀었다. 무심결에 받아 드니 꽤 묵직했다.

"돌아가는 편의 역시 최고 예우로 보장될 것이오. 언제 다시 좋은 자리에서 한번 뵙시다."

"예."

"그럼……."

라오서의 치하는 짧고 강렬했다. 오동티안은 그가 나간 후에도 한동안 숙인 고개를 들지 않았다. 그의 위상을 알 것 같았다.

"이거……."

창하가 오동티안을 바라보았다.

"열어보시죠."

"……!"

뚜껑을 연 창하가 화들짝 놀랐다. 상자 안에 든 건 호랑이 등에서 호령하는 두 사람을 새긴 황금 조각이었다. 조각은 필시 신도와 울루 형제다. 탁삭산의 귀문을 다스리는 사도 형제. 이걸 선물로 준비했다는 건 라오서가 이미 보고를 받았고, 그 역시 이 일을 믿는다는 의미이기도 했다.

"부부장님, 이거 너무 고가라 받을 수 없습니다."

창하가 상자를 내밀었다. 돈으로 치면 몇천만 원도 넘을 것 같았다.

"고가라뇨? 라 위원장님께서는 이 선생의 키만 한 황금을 내리고 싶어 했습니다. 우리 중국 인민을 구하고 중국 정치의 혼란을 구한 분 아닙니까?"

"정치 혼란?"

"죽은 왕 위원은 우리 당에서 신망받던 분이었습니다. 하지만 이런 치부가 있었던 것을 몰랐으니… 그 일이 더 커진 다음에 밝혀진다면 누가 우리 당을 믿고 누가 수습을 하겠습니까?"

오동티안의 목소리는 착잡했다. 창하 역시 길게 듣고 싶지 않았다. 정치란 비정한 것이다. 왕 위원이 신망받던 사람이라면 그 측근과 라인도 막강할 일. 하지만 오늘 이후로 그들 운명은 박상도와 장혜수처럼 시들어갈 일이었다.

"선생님."

밖으로 나오자 차량 앞에서 링링이 손을 흔들었다. 이제는 생명의 은인이기도 한 창하. 그렇기에 올 때와 달리 살갑게 구는 링링이었다.

차도 변했다. 그냥 고급 세단이 아니라 홍치였다. 중국의 롤스로이스로 불리는 홍치. 권력의 상징으로 불리는 의전 차량이다. 창하에 대한 예우가 달라진 증명이었다.

홍치가 공항을 향해 출발했다. 육중한 느낌 속에 안정감이 느껴졌다. 예우도 예우지만 탁삭산의 귀문을 폐쇄했다는 게 더 뿌듯했다.

이제는 반복되지 않을 매 60년마다의 비극. 일본에 살인마 하나가 남았다지만 범인류적인 성과가 아닐 수 없었다.

고맙습니다.

백택의 메스를 가만히 안고 방성욱에게 감사를 올렸다. 오직 창하에게만 절실한 진실이지만 아무렴 어떨까?

"생각보다 일찍 끝났군요?"

공항에서 다시 만난 총리실 서기관의 표정도 밝았다.

"총리님께 보고드렸더니 며칠 중국 관광이라도 시켜 드리라고 합니다."

"괜찮습니다. 국과수 다른 직원들이 바쁠 거거든요."

호의를 사양하고 원빈에게 전화를 걸었다. 통화가 되지 않았다. 부검이다. 부검 중에는 초비상이 아니면 창하 역시 핸드폰을 받지 못한다. 20분쯤 후에 전화가 들어왔다.

—선생님.

원빈이었다.

"바쁘죠?"

—괜찮습니다. 선생님은요?

"연수 끝나서 귀국길입니다."

—벌써요?

원빈의 목소리는 비명에 가까웠다.

"왜요? 무슨 일 있어요?"

—아, 아뇨…….

"솔직히 말해요. 목소리만 들어도 다 알 수 있으니까."

—그게…….

"어서요. 제 얼굴 다시 안 볼 거예요?"

—아, 이놈의 입…….

"우 선생님."

—알았어요. 지금 국과수에 첨예한 부검 하나가 들어와 있는데 그렇잖아도 유족들이 선생님께 부검받게 해달라고 난리 중이라서요. 하지만 선생님이 없으니 권우재 선생님에게 배정이 되긴 했는데 유족들이 선생님을 미리 빼돌린 거라고까지 억지를 쓰면서 농성을 벌이고 있어요.

"대체 무슨 사건인데요?"

—현역 군인 총기 사망 사고인데요 유족들은 타살, 군은 영내 자살이라고… 군에서 자체 부검을 했는데 유족들이 믿을 수 없다고 총리실에 탄원을 넣어 재부검이 결정된 사건입니다.

"총리실요?"

창하 미간이 좁혀졌다. 임기 말의 대통령. 이미 레임덕 현상이 심각했다. 거기에 조경국 사건의 전모를 밝힘으로써 일약 여당의 대권 1순위로 부각된 총리. 그 위력의 연장선상이었으니 전 같으면 청와대로 갈 탄원서들이 총리실로 쏠리고 있었다.

서기관과 눈빛이 통했다. 그가 총리실에 연락해 사안을 파악했다. 원래는 돌아가는 즉시 총리에게 보고를 해야 하는 창하.

—원하는 대로 하시랍니다.

총리의 수락이 떨어졌다.

"과장님이나 소장님께 말씀하세요. 여기서 국과수까지 직통으로 가면 3시간 반이 걸립니다. 그래도 괜찮다면 제가 간다고 전해주세요."

창하가 원빈에게 전했다.

—선생님.

"저 곧 탑승해요. 통화 오래 못 하니까 서두르세요."

창하가 전화를 끊었다. 5분도 되지 않아 답이 왔다. 백 과장이었다.

—정말 가능한가?

"예."

창하가 답했다.

—그럼 염치없지만 좀 부탁하네. 지금 유족과 시민 단체 등 100여 명이 난동 수준이라 업무가 마비될 지경이라네.

"알겠습니다."

통화를 끝냈다. 원래는 30분 정도 딜레이될 비행이었지만 링링의 도움으로 정시에 이륙을 했다. 그녀의 연락을 받은 공안부 부장이 공항에 전화를 때린 것이다.

—무조건 정시에 이륙시켜.

공안부 부장의 추상같은 명령은 제대로 먹혔다.

'군 총기 의문사…….'

이륙하기 전 검색으로 대략의 얼개를 추렸다. 창하가 중국으로 오던 날부터 부각된 사건이었다.

고오오.

올 때처럼 오직 창하와 서기관 전용으로 변한 1등석 객실. 또다시 파란의 부검 일상으로 돌아가는 창하였다.

제7장

—

총알이 전하는 진실

“타시죠.”

인천에 내리니 서기관의 능력이 빛을 발했다. 창하의 스케줄을 들은 그가 입국심사 편의와 함께 경찰 인도 차량을 붙여준 것.

“이거 뭐라고 감사 말씀을 드려야 할지…….”

“감사 인사를 할 건 접니다. 총리께서도 중국의 낭보에 굉장히 고무되어 계십니다.”

“당장 달려가지 못해 죄송하다고 전해주십시오.”

“가세죠. 총리께서는 부검이 끝날 때까지 기다리겠다고 하셨습니다.”

"예."

서기관이 열어준 문 안으로 들어갔다. 차는 이내 경찰 인도 차량을 따라 질주하기 시작했다. 다시 대한민국. 익숙한 풍경과 광고판을 보니 마음이 편했다.

톡톡!

시간을 아끼기 위해 검색을 계속했다. 이미 군 당국의 부검을 거치고 온 유족들. 신경이 곤두섰을 일이니 창하가 먼저 이해하고 임하면 신뢰가 더해질 일이었다.

「진실 공방—전차 부대 총기 사건」

「전차 병사, 훈련 휴식 중에 총기 자살」

「자살로 발표된 전차 부대 권총 자살, 가혹 행위 일삼던 선임의 살인 의혹」

「권총 자살 VS 권총 타살」

「해당 군부대 일체의 취재 불허로 의혹 증폭」

「유족의 눈물 어린 탄원에 총리가 화답—재부검 진상 조사의 길 열려」

창하가 없는 동안에 대한민국을 도배한 이슈들이었다.

K5 권총.

육군의 경우 주로 대위급 이상의 장교들이 사용한다. 그러나 병들도 소지하는 경우가 있었으니 헌병이 그렇고 전차병과

JSA 대대 병사, 기타 특수병과 병사들이 그랬다. 사격훈련은 통상 1년에 2회 정도 실시한다.

구경은 9×19㎜이며 무게는 728g, 전장 190㎜에 최대사거리 50m, 탄창은 12발이다.

자료를 뒤지는 동안 국과수가 가까워졌다. 국과수는 정문 앞부터 아수라장이었다.

빵빵!

경적을 눌러보지만 유족과 시민 단체 등은 꼼짝도 하지 않았다. 그때 원빈과 광배가 길을 내며 다가왔다.

"선생님."

차창을 내리자 원빈이 소리쳤다.

"유족 여러분, 여러분이 기다리시던 이창하 선생님이 오셨습니다. 부검실로 가야 하니 길을 좀 터주세요."

원빈이 소리치자 유족 대표가 달려왔다.

"이창하 선생님?"

50대 초반의 여자였다. 죽은 병사의 어머니였다.

"와주셨군요. 우리 아이, 절대 자살 아닙니다. 진실을 밝혀 주세요."

그새 몰려든 유족들이 일제히 목소리를 높인다.

"휴가 나왔다가 부대 복귀한 지 일주일밖에 안 됩니다. 선임이 가혹 행위와 구타를 서슴지 않는다며 걱정을 했어요. 이건 100% 타살입니다."

"이러면 안 됩니다. 안에 대기실이 있으니 유족 대표 두 분만 따라오시고 길을 내주세요."

군 관계자들이 유족을 막아섰다.

"야, 이 새끼들아. 무슨 조작을 하려고 사람 입을 막아?"

유족들은 몸싸움도 마다하지 않았다.

"여러분."

창하가 결국 입을 열었다. 실랑이를 벌이던 유족과 군 관계자들이 창하를 바라보았다.

"제가 공무 출장 관계로 늦었습니다. 하지만 이것 한 가지는 약속드립니다. 오직 진실만을 위한 부검을 해드릴 테니 모두 진정해 주시기 바랍니다."

"……."

"유족 대표는 어느 분이십니까?"

"우리예요."

어머니와 아버지가 손을 들었다.

"이분들을 대표해 부검실에 참관하실 분은 누구십니까?"

"그게… 우리 4촌 동생이 의사인데 저놈들이 한 명만 참관해야 한다고… 세상에 이렇게 되면 부모도 부검을 못 보지 않습니까? 말도 안 됩니다."

"참관은 두 명씩으로 하죠."

"안 됩니다."

군 관계자가 선을 긋고 나왔다.

"왜 안 되죠?"

창하가 물었다.

"군의 관례입니다. 여기까지 온 것만 해도 유족의 편의를 봐드린 것이니 군과 유족을 대표하는 한 사람만 참관할 수 있습니다."

"여긴 군이 아니고 국과수입니다. 그리고 집도의는 저죠. 그러니 그 규칙은 제가 정하는 것이 합당하지 않을까요?"

"와아아!"

창하의 반론에 국과수 마당이 들썩거렸다. 심지어는 기자들조차 박수로 호응을 했다.

'젠장!'

분위기에 눌린 군 관계자는 입술을 물고 물러섰다. 창하의 말대로 여기는 군이 아니었다. 명령으로 누를 수 없는 것이다.

이창하와 권우재.

초유의 사태다 보니 부검의가 둘로 정해졌다. 참관은 국 관계자 측에서 둘, 유족 측에서 둘. 창하의 의견이 그대로 반영되었다.

공방은 사건 개요를 설명하는 대기실에서부터 불꽃을 튀겼다.

"우리가 먼저 보고합니다."

"우리가 먼저예요."

군 조사 팀장과 보호자가 격돌했다. 창하가 나서서 가장 기본적인 가위바위보로 차례를 정해주었다. 유족 측이 이겼다.

"기영철 병장, 이놈이 우리 아들을 죽인 거예요. 아들이 휴가 나왔을 때도 멍을 보여줬어요."

어머니가 포문을 열었다.

책임감 강한 아들이 입대를 했다. 왼쪽 어깨 관절과 손가락에 작은 문제가 있어 노심초사하던 부모. 힘든 전차병 보직을 받고 잘 적응하고 있다니 안도를 했다. 그러나 아들은 핸드폰 통화를 잘 하지 않았다. 어쩌다 통화를 해도 영상통화가 아니었다. 핸드폰 통화는 모두에게 허용되었지만 그 내무반은 조금 엄격하다고 했다. 그러려니 했다.

두 번째 휴가를 나온 날, 아들 몸에는 멍이 많았다. 혹시나 하고 물으니 전차가 익숙하지 않아 타고 내릴 때 자주 부딪쳤다고 했다.

의문은 선임 기영철 병장이었다. 입대를 5년이나 미루고 들어온 늙은 병장. 같이 휴가를 나온 선임은 휴가 기간에도 툭하면 아들을 불러냈다. 때로는 새벽 시간이었고 또 때로는 치료를 받던 와중에도 전화를 받았다. 그때마다 아들은 어두운 표정으로 불려 나갔고 어떤 날은 불편한 걸음으로 돌아왔다. 부모가 물으면 술 마시고 넘어졌다는 핑계가 나왔다. 좀 이상했지만 하늘 같은 선임 병장. 신경을 거스르면 안 될 것 같아

입대 날 병장 선물까지 쏴줬던 부모들이었다.

그리고 이어진 아들의 권총 자살. 그 자리에 같이 있던 사람도 기영철이었다. 모든 증언 역시 그의 입에서 나온 것이었다.

"윤 일병이 권총 사격훈련 당시에 총알을 하나 몰래 취득했었나 봅니다. 훈련 중 휴식 시간에 사라지는 바람에 제가 찾아다녔는데 훈련용 구덩이 안에서 자위행위를 하고 있었습니다. 정신교육을 호되게 시켰더니 다짜고짜 권총을 뽑아 자꾸 갈구면 죽겠다고 난동을 부렸습니다. 총알이 든 건 몰랐지만 선임된 도리로 말려야 했기에 권총을 뺏으려 했고 그 실랑이 중에 윤 일병이 실수로 방아쇠를 당겨 버렸습니다. 총알이 든 건 그때야 알았습니다."

탕!

단 한 발.

그것으로 윤 일병의 목숨은 저물었다. 최종 목격자는 기영철 병장 한 명. 총성을 들은 부사관이 달려왔을 때 기영철은 윤 일병을 안고 절규하고 있었다고 한다.

군의 입장은 유족과 반대였다.

소속 간부들의 증언을 내세워 군 생활 부적응 쪽으로 몰고 갔다. 어깨를 이유로 뺀질뺀질 꾀병을 부리기 일쑤였고 괜한

투서로 소대의 물을 흐렸다고 했다. 의심을 받는 기 병장의 경우, 후임의 일탈이 너무 심해 한두 차례 얼차려를 준 적은 있으나 직접 구타는 없다는 쪽이었다. 오히려 윤 일병이 부주의해 여기저기 부딪치면서 멍이 든 것이라는 주장.

증거로는 수사 과정의 증언들과 현장 사진, 부검 결과서 등이 제시되었다.

창하는 두 입장의 공방을 들으며 전체 사건을 그려 나갔다.

사고가 나자 군은 총알의 소재부터 파악했다. 지난번 실시한 권총 사격훈련 때 사라진 한 발이 맞았다. 전차병 전체를 굴렸지만 끝내 행방이 나오지 않았던 한 발. 탄약 관리를 책임진 부사관이 추가 사격을 한 것으로 하고 넘어갔던 게 비극을 낳은 것이다.

기영철은 군 수사기관의 수사를 받았다. 그러나 총알이 발사된 권총이 윤 일병의 것이었고, 윤 일병이 보이지 않자 찾으러 갔던 증인에, 현장을 확인한 부사관의 증언까지 더해 무혐의 처리되고 말았다.

「군 생활 부적응으로 인한 총기 자살」

군 수사기관의 결론이었다.

그러나 수사 기간 내내 부모가 배제되었고, 오직 결과만이 통보되었다. 유족들이 항의하자 그제야 사건이 일어난 구덩이와 증거물로 압수된 권총, 피 묻은 군복 등의 열람이 허용되었다.

"우리 아들은 절대, 자살할 리 없어요. 게다가 훈련 중에 자위 행위라니? 이건 명예훼손이에요."

유족의 이의가 제기되었지만 군은 받아들이지 않았다. 유족들이 언론사에 제보하고 군검찰을 지냈던 변호사를 선임하며 문제 제기를 하자 부검 참관을 수락했다.

유족들은 시신의 멍 자국에 대해서 물었지만 군 당국은 권총과 상관없는 일이라며 일축해 버렸다. 군의 부검 결과는 기병장의 주장과 같았다. 결국 부검조차 의혹투성이라고 판단한 유족이 총리실에 탄원을 넣었던 것.

"그만 시작하지?"

권우재가 창하를 바라보았다.

"네, 선생님."

창하가 콜을 받았다. 유족과 군 당국은 반대의 입장. 밤새 듣는다고 변할 건 없었다. 그러니 이건 역시 부검대 위에서 결정을 봐야 했다.

펑펑!

관심 있는 부검은 시작부터 다르다. 복도 끝에서 제지된 기자들의 카메라가 불꽃을 뿜었다. 그걸 뒤로하고 부검실로 입실했다.

"선생님."

원빈과 광배가 창하와 권우재를 맞았다. 보호자와 군 관계자에게 참관 라인을 알려주었다. 부검대가 지척이지만 방해가 되지 않는 최단의 거리였다.

"잠깐 소등하겠습니다."

창하의 루틴을 아는 원빈이 스위치 앞에 섰다.

딸깍!

불을 끄자 부검대 위의 시신이 아스라해 보였다.

'걱정 마세요. 당신의 숨은 사연, 우리가 다 풀어드릴 테니.'

나이 어린 병사지만 경건하게 부검 허락부터 받았다.

"부검 시작합니다."

불이 들어오자 권우재가 선언했다. 군 의문사 부검의 시작이었다.

외표부터 검사했다. 시신 안치실에 보관을 했다지만 사망 6일이 지난 시신. 부패성 변색이나 부패망이 진하게 보였다. 시신은 보통 5단계의 부패 과정을 거친다. 신선기(Fresh stage), 팽창기(Bloated stage), 붕괴기(Decay stage), 붕괴 후기(Post—Decay stage), 골격기(Skeletal)가 그것이다.

권우재는 부검이 진행되었던 머리의 총상을 보지만 창하는 외표부터 시작했다. 가슴팍과 어깨, 다리 조인트 부분의 멍 자극이 신경 쓰였던 것.

군 당국의 부검은 머리가 중심이었다. 배는 열지도 않았다. 핵심만 보는 부검은 국과수에서도 시행할 때가 있으니 나쁘다고 할 수는 없었다.

"정석으로 가는 게 어떨까요?"

창하가 의견을 냈다.

"콜!"

권우재는 이견을 내지 않았다. 그 역시 국과수에서는 총기 부검의 일인자로 꼽히지만 창하의 총기 부검 실력을 아는 까닭이었다.

중국에서 맹활약을 한 창하의 백택 메스. 미궁 살인마를 해치운 전과처럼 진실을 밝혀주기를 바라며 Y자를 그었다.

"……!"

내장을 확인하던 창하 미간이 확 좁혀졌다. 내상이 있었다. 복막 안에 출혈이 있었던 것.

찰칵!

사진으로 기록하고 멍 자국들을 하나하나 열어버렸다.

"뭐야?"

총상에 집중하던 권우재도 미간을 찡그렸다. 전혀 심각해 보이지 않던 멍 자국들. 그러나 열고 들어가니 뜻밖에도 심각했다.

"구타야?"

권우재가 중얼거렸다.

'미오글로빈…….'

창하의 손은 신장을 찾아 움직였다. 권우재의 예상은 적중했다. 신장에는 신부전의 신호가 있었다. 멍은 피하출혈. 조금이라면 상관없지만 넓은 부위에 지속적으로 손상을 당하면 신독성이 포함된 미오글로빈을 배출해 신부전을 일으킨다. 체표 전체의 멍을 보니 신부전 사망까지는 아니어도 적어도 일주일 이상은 구타가 지속된 형상이었다.

일주일 이상.

그렇다면 휴가 기간에도 구타가 있었다는 얘기였다.

찰칵!

카메라에 진실의 한 부분을 담았다.

보호자는 이마에 서리는 땀을 닦았다. 이창하와 권우재. 어떤 사인도 주지 않지만 분위기만으로 감이 왔다. 아들의 개죽음을 밝혀줄 것만 같았다. 그렇기에 꼭 그러쥔 주먹에 땀이 맺힐 정도였다.

"……!"

어머니의 발언을 참고해 검지를 절개하던 창하, 굴곡건을 보고 정신이 번쩍 들었다.

'빙고!'

검지와 중지, 그 사이에서 아주 특별한 것이 나왔다.

찰칵!

사진으로 박아두고 본질 사냥에 나섰다.

총상!

사입구는 왼쪽 귀 부근이었다. 사망한 윤 일병은 왼손잡이. 검댕의 잔재가 엿보이는 사입이었다. 탄도학으로 보면 중거리 총상에 속했다. 군 당국은 30~70㎝ 거리에서 총알이 발사되었다는 부검 결과를 내놓았다.

뇌를 관통하고 들어간 총알은 반대편에서 나왔다. 최초 부검의 절개도를 따라가 보니 경질막 쪽이었다. 사입구과 머리의 관통상, 검댕과 화약 잔사 범위를 종합하면 군 당국의 부검 결과에는 큰 이상이 없었다.

"어때요?"

창하가 권우재 의견을 물었다.

"글쎄… 내 생각에는 대략 맞는 것도 같지만 발사 거리와 검댕을 비교해 보면 검댕의 양이 좀 걸리는데?"

초기 부검 사진과 비교하며 권우재가 답했다. 창하의 시선 역시 초기 부검 사진에 있었다. 그러다 군 당국자에게 질문을 던졌다.

"혹시 현장 사진 좀 더 볼 수 있을까요?"

"부검 사진이 아니고요?"

"네, 현장 사진요."

창하가 선을 그었다. 군 당국자가 아이패드를 열었다. 다행히 사건 현장의 사진이 몇 장 있었다. 그걸 불러다 머리 부분을 확대했다.

"……!"

창하와 권우재의 눈빛이 살짝 흔들렸다. 초기의 시신에는 화약 연기에 의한 'Smudging'이 더 진하게 보인 것.

"이 사진 좀 쓰겠습니다."

창하의 요청이 나왔다. 사진은 곧 디지털 분석실의 수아에게 보내졌다. 결과는 오래 기다리지 않아도 되었다. 창하가 메인 부검의로 들어간 걸 아는 수아가 초고속으로 분석을 해낸 것.

「사망자의 왼쪽 귀 부근의 검댕은 총상으로 인한 것으로 사료됨」

결과가 나오자 창하의 결론이 나왔다.

"살인 같은데요?"

나직한 신호를 받은 권우재도 끄덕 공감의 표시를 보냈다.

"증명은 제가 할까요?"

"그래. 수고 좀 해줘."

권우재의 답은 흔쾌했다.

"우 선생님, 가셔서 K5 권총 실험 준비 좀 부탁해 주세요. 12발 실탄 탄창도 같이요."

"알겠습니다."

원빈이 자리를 먼저 떴다.

"사인의 마무리를 위해 탄환 발사 실험을 하겠습니다. 이 결과는 기자들을 참석시킨 후에 공개적으로 할까 싶은데 괜찮겠습니까?"

"저희는 환영입니다. 보는 눈이 많으면 군 당국의 은폐 기도도 어려워질 테니까요."

보호자는 전격 동의.

"끄응!"

군 관계자 역시 신음 소리로 동의를 표했다. 어차피 공개 부검을 하는 차였으니 반대 소리를 내지 못한 것이다.

'윤 일병, 조금만 기다려요. 이제 진실의 시간에 가까웠으니…….'

부검실 문 앞에서 시신을 돌아본 창하. 총기 실험실을 향해 걸음을 옮겼다.

* * *

총기 실험실에 기자들이 모여들었다. 윤 일병의 부모와 군 관계자들도 네 명이 참석했다. 창하의 증명은 두 가지였다.

—몇 센티미터 거리를 두고 발사되었나.

—오발 사고인가 촉발 사고인가.

사실 이 두 가지 사안에 대한 판단은 창하 머릿속에 있었다. 하지만 과학적 판단에는 증거가 생명이었다. 게다가 증명보다 더 좋은 증거는 없었다.

"시작합니다."

창하가 증명의 서막을 알렸다. 일단 권총과 탄창을 공개했다. 사고 때 쓰인 K5와 같은 재원이었다. 기자들의 카메라가 먼저 불을 뿜었다. 증명의 실연은 총기 연구사가 맡았다. 돼지 생비계를 씌운 박스가 여덟 개 준비되었다. 또 다른 건 거리를 표시하는 막대자였다.

끄덕!

창하의 신호를 받은 연구사가 권총을 겨누었다. 첫 발사는 총구와 비계가 맞닿은 접사였다.

쾅!

총소리가 천둥을 울렸다. 기자들 몇 명이 움찔하지만 보호자들은 꿈쩍도 하지 않았다. 아들의 주검을 밝히는 자리. 단 한 동작도 빼먹지 않으려는 것이다.

총성이 멎자 비계의 상황이 고스란히 드러났다. 총알은 상자를 뚫었고 비계 주변에는 미세한 검댕이 남았다.

쾅!

다시 총성이 울렸다. 이번 목표물과의 거리는 10㎝였다. 이번에는 검댕과 'Smudging'이 조금 완연히 보였다.

20㎝.

쾅.

거리가 멀어지면서 총신의 움직임도 조금씩 커졌다. 비계에는 여전히 구멍이 뚫렸고 검댕이 완연했다.

30㎝.

쾅.

네 번째 박스가 뚫렸다. 영문을 모르던 기자들이 슬슬 감을 잡기 시작했다. 그 핵심은 검댕과 화약 잔사였다.

쾅쾅쾅!

마지막으로 발사된 80㎝ 거리의 실험 사격. 그간의 총상과 완연히 달랐다. 전체적으로 보면 발사 거리가 멀어질수록 비계의 사입구는 깨끗해지고 있었고 급기야 80㎝에서는 구멍의 흔적 말고는 아무런 오염도 없어 보였다.

근접 사격하면 검댕과 'Smudging'이 진하지만 총구가 멀어지면 사입구는 깨끗해진다. 그 과정의 증명이었다.

"두 번째 실험으로 갑니다."

창하가 주의를 환기시켰다. 연구사가 준비한 건 방아쇠에 작용되는 힘에 대한 증명이었다. K5 권총 방아쇠에 줄을 연결하고 무게 추를 달았다. 몇 ㎏의 힘이 작용되어야 발사되는지에 대한 실험이다. 방아쇠에 걸린 무게 추는 300g 단위로 무게가 늘어났다.

2㎏.

3kg.

4kg

5kg…….

무게추가 조금 더 올라가자 비로소 방아쇠가 움직였다.

틱!

실험을 끝낸 창하가 권총을 집어 들고 앞으로 나섰다. 권우재도 그 옆에 섰다.

'발표하시게.'

그가 눈짓으로 지지를 보내주었다.

"방금 여기서 한 실험은 두 가지였습니다. 하나는 이번 사고가 어느 정도의 거리에서 발사된 것인지, 또 하나는 어느 정도의 힘을 가해야 발사가 되는 것인지."

"……."

모두가 숨을 죽였다. 커다란 논란이었던 의문사에 대한 국과수의 공식 입장이 나오는 것이다.

"우선 총기 실험 결과부터 말씀드리겠습니다. 앞서 나온 부검 결과는 30~70㎝ 거리에서 권총이 발사되었고, 발사 과정은 자살 엄포를 놓는 한 병사를 다른 고참 병사가 말리는 와중에 일어났다, 였습니다."

"……."

"여기 보시면 다양한 거리의 발사 거리 실험이 있습니다. 이전에 저희는 현재 국과수로 이송된 시신 외에 초기 부대의 현장 사진을 함께 참고했음을 고려 바랍니다."

"……."

"그 두 가지를 고려한 결과 저희는 권총이 15㎝ 이내에서 발사되었다고 판단하게 되었습니다."

"15㎝ 이내?"

기자들 사이에서 신음이 흘러나왔다.

"무슨 근거입니까?"

당장 군 관계자의 이의 제기가 나왔다.

"그 질문은 잠시 보류하고 두 번째 실험 결과부터 발표하겠습니다."

"무슨 짓이야? 당장 설명하고 넘어가."

군 관계자가 폭발했다. 하지만 원빈과 광배가 그를 막았다.

"두 번째 결과 발표하고 설명한다지 않습니까?"

보호자들과 기자들도 목소리를 높였다. 기자와 카메라를 의식한 군 관계자들이 겨우 흥분을 가라앉혔다.

"다음으로 촉발 방아쇠입니다. 실험에서 보셨다시피 K5 권총 방아쇠에 작용되는 힘은 적지 않습니다. 즉 가벼운 실랑이로 발사되는 총이 아니라는 것입니다."

"……!"

"미리 주지하셔야 할 것은 사망자의 지병입니다. 그는 입대 당시부터 왼쪽 어깨에 통증이 있었고 그건 부대의 관리 사항에도 나와 있습니다. 하지만 최근에는 조금 더 심해져 왼손의 검지와 중지에 수지염 증세까지 있었습니다. 그건 휴가 나와서 들렀던 병원의 X-ray와 치료 기록을 참조하시면 됩니다."

"……."

"이러한 모든 상황을 고려한 결과, 사망자의 오발로 총알이 나갔다고 보기에는 무리라고 판단됩니다. 이 권총은 발사해야겠다고 작심하고 당기지 않는 한 발사되기 어려운데 검지와 중지에 수지염이 있는 상황이라면 더욱 그렇습니다."

"이봐!"

"잠깐만요. 이제 마무리를 지어드리겠습니다."

창하가 군 관계자의 폭주를 막았다. 그런 다음 화면에 부대 내의 현장 사진을 불러냈다. 들것에 실려 옮겨지는 긴박한 순간. 그중에서 윤 일병의 이마가 확보된 각도를 잡아 확대시켜 놓았다.

Smudging.

화약 연기의 존재가 또렷했다.

"'Smudging'입니다. 저희에게 온 시신에서는 보이지 않지만 가장 중요한 건 총상 직후의 외표니까요. 이 'Smudging'은 보통 15㎝ 이내에서 발사되었을 때 나오는 흔적입니다."

"닥쳐. 화약 입자는 60㎝ 근사까지도 검출될 수 있는 거 몰라?"

군 관계자가 악을 썼다.

"미연소 화약의 화약 입자가 조밀하게 침착되는 경우라면 그 말도 맞습니다. 하지만 저는 지금 화약 입자가 아니라 화약 연기를 말하고 있는 것입니다만."

"그것도 경우에 따라 달라. 게다가 저 사진, Smudging인지 아닌지 어떻게 확신하나? 당시 부대는 실전 훈련 중의 휴식 시간이었어. 가상 목표물에서 피어오르는 연막도 많았다고."

"아직 다른 근거가 남았습니다만."

"다른?"

군 관계자의 폭주를 무시하고 화면을 바꾸었다. 윤 일병의 멍 자국들이었다.

"보시죠. 사망자의 온몸에 남은 멍 자국들입니다."

"그건 구타 때문이 아니라 그 병사가 부주의해서 여기저기 부딪친 거라고 증언이 나왔어."

"그럴 수 있겠죠. 그럼 이건 어떨까요?"

창하가 다음 화면을 넘겼다. 복부였다. 복부 피하를 걷어낸 그 속에서 엿보이는 구타의 기억이었다.

"이것도 부주의로 부딪친 걸까요? 게다가 체표의 멍과 종합하면 휴가 기간에도 있었던 일입니다. 휴가 기간에도 탱크에 부딪칠 수 있을까요?"

"……!"

"마지막으로……."

이번에는 손가락이었다. 윤 일병의 검지. 절개한 손바닥. 손가락을 구부리는 굴곡건이었다.

"아까 수지염에 대해 말씀드렸는데 이게 손가락을 움직이는 굴곡건입니다. 보시다시피 다른 굴곡건에 비해 검지의 것에 염증 소견이 제법 강합니다."

"……?"

"다시 말씀드리지만 이런 손가락으로, 실랑이의 와중에 방아쇠 촉발이 되었다는 건 거의 불가능한 일입니다."

"이, 이봐. 방아쇠 수지는 나도 있어. 그렇다고 총을 못 쏘지는 않아."

"당신은 어느 손가락이죠?"

"약, 약지……."

"그것과 그것이 같습니까? 권총은 약지가 아니라 검지로 발사하는 겁니다."

"……."

"부검 결과 최종 발표합니다. 본 국과수 검시관들은 이 부검의 결과 두 가지를 확신하게 되었습니다. 사망한 윤 일병은 지속적인 구타에 시달려 왔으며 그 구타는 휴가 기간에도 계속되었습니다. 이게 무엇을 뜻하는지 판단하는 데는 큰 수고가 필요치 않을 것 같습니다. 아울러 총탄의 발사 거리는 10~15㎝ 사이, 방아쇠는 타인에 의한 발사. 결론적으로 사망의 종류는 타살입니다. 이상으로 부검 종료합니다."

타살!

"우어어엉!"

창하의 선언과 함께 윤 일병의 어머니가 무너졌다.

"여보오!"

아버지도 어머니 위로 쓰러진다.

펑펑!

카메라가 그 극적인 순간을 포착한다.

반면 군 관계자들은 미친 듯이 악을 쓰며 항의한다. 이 부검은 믿을 수 없다느니, 국과수 검시관이 공명심에 사로잡혀 군의 신뢰를 깬다느니 하는 발언까지 나왔다.

그건 치명적인 자충수였다. 국민들이 믿는 건 과학적 증명까지 덧붙인 창하의 부검이었지, 비공개로 진행한 후에 일방적으로 발표한 군 당국의 부검이 아니었던 것.

"아이고, 검시관님."

어머니는 눈물 콧물 범벅이 되어 창하 품에 안겼다.

"고맙습니다. 정말 고맙습니다. 하마터면 불쌍한 우리 아들, 매 맞아 죽고 총 맞아 죽으면서도 온갖 누명을 다 쓸 뻔했습니다."

"예……."

창하는 그 어머니를 꼭 안아주었다. 다른 말은 필요치 않았다. 공치사를 할 생각도 없었다. 시신의 상태에 걸맞은 부검 진단을 내린 것뿐. 그것은 곧 검시관의 의무이자 본분일 뿐.

타살.

이 한 단어가 많은 것을 바꾸었다. 군은 중앙 수사단으로 팀을 꾸려 재수사에 착수했다. 여기서 새로운 사실 하나가 나왔다. 그것은 초기 현장 수사를 지휘한 부사관이 기 병장의 중학교 후배였다는 사실이었다. 기 병장이 5년 꿇고 입대했기에 가능했던 일. 이런 사실은 두 사람 외에는 알지 못했다. 그건 기 병장의 일진 전력 때문이었다.

입대 후에 부사관을 본 기 병장. 첫눈에 자신의 빵 셔틀이었던 걸 알았다. 조용히 불러 자신의 존재감을 각인시켰다. 중학교에서 악명이 높던 일진. 그 악몽을 군대에서 다시 만난 부사관은 그의 전횡을 눈감아줄 수밖에 없었다. 그렇기에 윤 일병의 고충 상담도 기 병장 편에서 처리해 버렸다.

총기 사고도 그랬다. 기 병장을 의심했지만 그동안 은폐해 온 자신의 처사가 드러날까 봐 소극적일 수밖에 없었던 것.

부사관의 자백까지 나오니 나머지는 일사천리였다. 그의 지시로 입을 맞추고 있던 병사 둘이 용기를 냈다. 결국 기 병장이 윤 일병에게 구타와 괴롭힘을 일삼았음이 밝혀졌다.

여기 더해진 마지막 결정타…….

"기 병장님이 권총 총알 하나를 가지고 있었습니다. 목걸이 만든다고 작년 실탄 훈련 때 슬쩍……."

한 상병의 진술.

그것으로 끝이었다. 기 병장은 결국 범행을 자백하게 되었다.

"휴가 나갔을 때 여친 하나 소개해 달라고 했는데 이 자식이 빼잖습니까? 해서 몇 대 쥐어박았죠. 범행 일에는 훈련이 고돼서 심부름을 좀 시켰는데 이놈이 말을 듣지 않았습니다. 심지어는 연대장이나 사단장을 찾아가 직접 소원 수리를 요청하겠다고 해서 권총의 흙먼지 털던 것을 뺏어 총알 장전하고 겁을 줬습니다. 너 같은 놈은 이렇게 죽으면 자살로 처리된다. 깝치지 마라. 그런데 그놈이 겁 안 나니까 쏠 테면 쏴보라고 하길래……."

쾅!

자신의 밥이었던 윤 일병. 괴롭힘을 견디다 못해 불복 선언을 하니 방아쇠를 당긴 것이다. 창하의 말대로 귀 옆머리에 밀착한 접사였다. 그런 다음 총을 윤 일병 손에 쥐여주고 자살로 몰고 간 것이다.

조력은 부사관이 했다. 기 병장의 체포를 미루는 통에 증거인멸의 기회까지 준 셈. 그게 바로 사고 현장에서는 선명하던 'Smudging'이 흐려진 계기였다. 군 수사관과 지휘관들이 오는 동안에 기 병장이 닦아버렸던 것.

"이 선생."

부검이 끝나자 강 소장이 다가와 치하를 했다. 백 과장도 다르지 않았다. 총리의 추천으로 중국 포상을 떠났던 창하였다. 그런 차에 귀국길에 들어와 논란을 해결하고 국과수의 위상을 높여주니 기쁘지 않을 수 없었다.

"수고는 권 선생님이 하셨죠. 저는 그저 보좌만 했을 뿐입니다."

창하의 답은 겸허했다. 억울한 주검 하나를 구한 것. 그 뿌듯함만으로도 충분한 창하였다.

"선생님."

수아가 주는 커피를 받아 들 때 핸드폰이 울렸다. 총리였다.

"총리님."

창하가 전화를 받았다.

—소식 들었어요. 군 의문사를 속 시원히 밝히셨다고?

"예… 선배 검시관님들 덕분에……."

—내가 삼청동 단골 식당에 예약을 해두었는데 부검이 또 있습니까?

"아, 아닙니다."

—그럼 내가 밥 한 끼 살 수 있을까요? 군 의문사도 큰일이지만 중국 갔던 일을 좀 들어야 해서요. 기다리는 분도 계시고…….

"바로 가겠습니다."

—그래 주세요. 수행하던 김 과장이 이 식당을 압니다.

총리가 전화를 끊었다. 원빈과 광배 등에게 인사를 하고 국과수를 나왔다.

“대단하십니다.”

서기관이 엄지를 세워 보였다.

“검시관의 본분인걸요.”

창하가 웃었다.

“선생님에 비하면 제 역할이 부끄럽군요. 동에 번쩍 서에 번쩍 하시는데 별 도움도 되지 못하고…….”

“별말씀을 다 하십니다.”

덕담 나누는 동안에 삼청동에 닿았다.

“여깁니다.”

식당은 궁중 삼계탕집이었다. 서기관이 열어준 방으로 들어서니 내실 안에 두 사람이 보였다.

정병권 총리와 노재환 대통령 특사.

“어서 오세요.”

환한 표정으로 창하를 반겼다.

제8장

—

부검이 안겨준 대박 행운

“늦어서 죄송합니다.”

창하가 인사부터 올렸다.

“아닙니다. 반가운 마음에 우리가 먼저 온 것뿐이에요.”

총리가 손사래를 치며 말을 이었다.

“인사드리세요. 우리 노재환 이사장님.”

“안녕하세요? 국과수 검시관 이창하입니다.”

창하가 고개를 숙이자 노재환이 두 손을 내밀었다.

“내가 중국행 다리를 놓은 사람입니다. 정말 노고가 많았습니다.”

“……?”

"중국의 라오서 위원장에게 전화를 받았습니다. 이 선생이 중국 정치가 새로 날 기회를 준 거라며……."

"예……."

"덕분에 소원하던 양국 관계와 눈에 보이지 않던 각종 제재도 풀리게 되었습니다. 당장 일부 무역 제재를 풀고 까다롭던 비자도 완화해 준다고 합니다."

"다행이군요."

"이 다행이 이 선생 덕분이라오. 그래, 대체 어떻게 된 일입니까?"

노재환이 테이블에 바짝 다가앉았다.

"한국에서 벌어졌던 미궁 살인과 같은 사건이었습니다. 다만 그쪽 당 고위층 한 분이 희생되었는데 그 피살의 양상이 다른 건과 달리 기괴해 제게 확인을 요청한 것 같았습니다."

"우리 이 선생만이 아니었지요. 내가 국정원에 알아봤더니 미국과 독일의 검시관들도 온 것 같다고 하더군요."

"맞습니다."

"결국 사인은 이 선생이 밝혀주셨고?"

"예."

"그 또한 다행이군요. 그 문제는 내가 반드시 짚고 넘어가 사과를 받아낼 겁니다. 자칫하면 들러리가 될 뻔한 것 아닙니까?"

"살인 수법이 난해하다 보니 그랬던 것 같습니다. 결과가 좋으니 문제 삼지 말아주시기 바랍니다."

"허어, 이 선생은 기분이 나쁘지도 않았단 말이오?"

"부검이란 산 사람의 치료와도 같은 것입니다. 제 앞에 온 명의들이 그 병을 고쳤다고 해서 분노한다면 의사의 자격이 없는 사람입니다. 중요한 건 환자니까요."

"어헛, 이거 내가 한 방 먹었습니다그려."

노재환이 웃었다.

"송구합니다."

"아닙니다. 내 생각이 짧았어요. 환경에 종속되지 않고 환경을 지배해 나가는 그 기개, 마음에 듭니다. 나도 그 기개를 배우겠습니다."

"별말씀을……."

"우리 총리님은 어디서 이런 보물을 발견하신 겁니까? 이 선생을 만난 후로 인지도가 쑥쑥 올라가니 대선에 당선되시면 이 선생부터 챙기셔야겠습니다."

노재환이 총리를 바라보았다.

"대선이라뇨? 그 무슨 당치도 않은……."

총리가 손을 저었다.

"무슨 말씀이십니까? 오늘 여론조사에서도 총리님의 인기가 첫손입니다. 조경국의 몰락 이후 우리 여당의 대안이기도 하고요. 아니죠, 솔직히 말하면 전화위복이라고 할까요? 조경국 의원으로는 조금 불안한 면이 있었는데 총리시라면 승산

이 두 배입니다."

"이사장님."

"조경국 의원 일도 총리께서 신념으로 밀어붙인 거고 이번 중국과의 관계 개선도 총리의 판단력이 이룬 쾌거입니다. 두 일 다 총리가 없었다면 일어날 수 없었던 일. 그런데도 뒷짐만 지고 계실 겁니까?"

"허, 참… 우리 이 선생 치하해 주고 싶다고 해서 모셨는데……."

"그 치하도 총리께서 해주셔야죠. 저야 뭐 달빛이나 밟고 다니는 특사 아닙니까? 표창을 줘도 총리가 주셔야 격이 맞지요. 안 그러신가? 이 선생?"

"한국 부검을 알릴 기회가 되었으면 해서 갔던 거였지 상을 바라지는 않습니다. 총리상은 지난번에 받았으니 이 따뜻한 삼계탕 한 그릇이면 충분합니다."

"허어, 사람 인품 한번 진국일세, 진국이야."

"……."

"좋아요. 내가 솔직히 힘은 없지만 한번 들어나 봅시다. 이렇게 실력 좋은 부검의의 꿈은 무엇입니까? 혹시 정치하실 생각은 없습니까?"

"저는 의사입니다. 의사는 산 자를 고치든지 죽은 자의 사인을 밝히든지 둘 중 하나를 업으로 삼는 게 합당하다고 생각합니다. 조금 유명해진다고 국회로 나가는 의사는 제 사표가 아닙니다."

"그럼 국과수 원장이 최종 목표시군요?"

국과수 원장.

국과수 검시관들의 꿈인 건 맞았다.

"아닙니다."

창하의 답은 달랐다.

"아니라고? 그럼 뭐요?"

노재환이 고개를 들었다.

"지난번에 총리님께도 말씀드렸지만 제 꿈은 법의학의 모든 것을 망라하는 민간 법과학공사를 만드는 것입니다."

"민간 법과학공사?"

"현재의 국과수는 경찰이나 지자체의 의뢰를 받아 일하지 않습니까? 그러다 보니 공무원 조직으로서의 한계 때문에 부검의들의 대우가 나빠 우수한 인재 영입이 어렵다고 합니다. 하지만 민간 법과학공사를 만들어 국과수와 경쟁 체제로 다양한 분석과 감정 분야를 선도해 나간다면 국과수나 국민들에게 다 같이 실익이 되리라 생각합니다. 예컨대 이번 중국의 일처럼 국제적인 감정이나 분석 같은 것도 더 적극적으로 할 수 있고 말입니다."

"괜찮은 것 같은데요?"

노재환이 총리를 바라보았다.

"그런데 왜 나를 보시는 거요?"

"총리께서 대통령이 되셔서 관련법을 만들어 추진해 주시면……."

"허어, 아까는 대선에 나가라더니 이제는 아예 대통령에 당선이군요?"

"이렇게 반듯한 재원들이 따르는 총리신데 그렇게 되지 않겠습니까?"

"노 이사장께서 지원사격을 해주실 건가요?"

"총리님."

노재환이 눈빛을 반듯하게 세웠다.

"예?"

"저는 솔직히 외교 채널을 위한 대통령의 특사를 천직으로 생각하고 있습니다. 하지만 금번, 중국과 일본 등에서 경색 국면을 보여 밤잠조차 제대로 이루지 못했는데 총리와 이 선생이 해소해 주셨습니다. 덕분에 이 사람도 청와대에 면목이 제대로 섰지요. 그래서 말씀인데 다른 건 몰라도 총리와 이 선생의 일이라면 무조건 지지할 겁니다."

"흐음, 말 나온 김에 MOU라도 받아둬야겠는데요?"

"그럼 아예 작성합시다."

노재환이 팔을 걷어붙이자 총리가 웃었다.

*　　　*　　　*

"이 선생."

식사를 끝내고 밖으로 나왔을 때였다. 노재환이 창하 손을 잡았다.

"다시 말하지만 정말 수고했어요. 대통령께서도 각별히 기억하고 계시니 앞으로도 계속 분투해 주세요. 부검도 국익의 한 축이 될 수 있다는 거 이제 알았습니다."

"최선을 다하겠습니다."

조용히 그러나 묵직하게 답했다. 총리와 노재환의 치하. 비로소 창하 어깨에 걸렸던 무거운 짐이 홀가분하게 녹아내렸다.

토돗!

노트북 키보드를 두드렸다. 중국 미궁 살인에 대한 검색이었다, 검색은 거의 뜨지 않았다. 그날 밤, 엄청난 희생을 치른 검거 작전도 뉴스에 없었다. 대신 나온 건 '테러 대비 실전 훈련'이었다. 그 아수라를 테러 대비 훈련으로 넘어가는 중국이었다.

머릿속에는 공포에 질린 범인의 눈동자가 아직도 생생하다. 라오서가 준 금덩이를 꺼내 들었다. 모든 것은 현실이었지만 어느새 꿈처럼 멀어지고 있었다.

백택의 메스를 보았다. 방성욱의 얼굴이 떠올랐다. 탁삭산의 귀문을 막은 건 굉장한 전과였다. 그래서인지 메스도 다른 날보다 더 투명하게 느껴졌다.

상서로운 서기.

그 기운 때문일까?

다음 날 오후, 창하에게 엄청난 행운이 따라왔다. 독거 경비원의 부검을 막 끝낸 직후였다. 경비원은 혼자 살았다. 몸이 안 좋다는 말을 입에 달고 살았다. 그러다 무단결근을 했다. 동료가 가보니 혼자 죽어 있었다. 경찰에 신고하자 국과수로 이송되었다. 창하가 그 사인을 밝혔다.

복막을 여니 원인이 나왔다. 대장이 거의 막혀 있었다. 대장암이 이렇게 되도록 병원에도 가지 않았다고 한다. 배가 아플 때마다 먹은 거라고는 활명수. 대장암 때문에 소장까지 대미지를 받은 경우였다. 하수구처럼 막혀서 빵빵하게 부어오른 것이다.

사망의 원인은 장폐색, 사망의 종류는 병사였다. 그러나 병원에 가서 수술을 했더라면 장폐색은 물론이오, 목숨을 건졌을 경우. 혼자 살다 보니 모든 게 귀찮았고 돈도 넉넉지 않으니 그러다 말겠지 했던 게 파국을 부른 것이다.

창하의 예측은 경찰의 수사로 입증이 되었다. 이 경비원은 최근 5년 이내 병원 한 번 가지 않았다. 그의 방에 가득한 건 쌍화탕과 활명수. 그조차 아껴 먹었던 건지 유효기간이 지나 있었다.

자식은 셋이나 되지만 아무도 오지 않았다. 시신을 인수받는 것도 거부했다. 이럴 경우에는 지자체에서 화장을 대행한다.

"나 참."

사연을 들은 피경철이 혀를 찼다. 하지만 처음 겪는 것도 아니니 다른 말은 하지 않았다. 대한민국의 인구는 5천만이고 그들은 5천만 가지의 생각을 가졌다. 어쩔 수 없는 일이었다.

그날 퇴근 무렵, 창하를 찾아온 손님이 있었다.

"이창하 선생님."

손님은 40대 초반의 여자였다.

"누구시죠?"

"혹시 진복녀 씨라고 아시나요?"

진복녀?

금세 떠오르지는 않았다.

"그럼 민승애는요?"

"민승애?"

창하 고개가 갸웃 돌아갔다. 그건 들어본 이름이었다.

"혹시 부검?"

"맞습니다. 얼마 전에 선생님이 부검하셨습니다. 가출한 여고생 말입니다."

그녀였다. 악질에게 걸려 성폭행 후에 살해당하고 도로변에 유기되었던 여학생.

"그럼 진복녀는 그 여고생의 보호자?"

"맞습니다. 부검에 참관하셨다고 합니다."

"그런데 그분이 왜요? 무슨 일이라도 생겼나요?"

"일주일 전에 운명하셨습니다."

운명?

"돌아가셨다고요?"

"예, 손녀의 장례를 치른 후에 시름시름 앓아누우시다가……."

"저런……."

"저는 진복녀 님이 생전에 주신 장학금으로 변호사가 된 서나경이라고 합니다. 저 말고도 수백 명에게 장학금을 대주신 고마운 분이십니다."

"예……."

"운명하시기 전에 저를 불러 유언을 남기셨습니다."

'유언?'

뭐가 되었든 마음이 아팠다. 동시에 할머니의 기억이 생생하게 솟아났다. 대학 진학 문제로 다투다 일시 가출한 손녀. 그러나 인간 말종의 덫에 걸려 피살되었다. 그 주검의 이유가 치욕이었다. 여고생인 손녀가 먼저 꼬리를 치고 창녀처럼 굴었다는 것.

"우리 손녀는 그런 아이가 아닙니다."

할머니의 항변이 창하 귓가에 앵앵거렸다. 주검보다 억울한 치욕을 벗기 위해 창하에게 손을 내밀었던 할머니. 진실이 밝혀지자 누구보다 몸을 낮춰 고마움을 전하던 그분이 영면에 들었다니…….

"할머니에게는 손녀가 전부였거든요. 손녀가 가출하자 제게도 찾아오셨었어요. 늙은이가 공연한 참견으로 일을 키웠다고 자책하시면서요."

"안됐군요. 아직 10여 년은 끄떡없으실 분인데……."

"상실감이 너무 크셨죠."

"……."

"아무튼 그분의 유언을 집행하러 왔습니다."

"그 집행을 왜 제게서?"

"할머니께서 보유 주식 전부를 이창하 선생님 앞으로 상속하신다고 하셨거든요."

"예?"

"손녀의 명예를 살려주신 선생님을 죽어도 잊을 수 없다고 하셨습니다."

"변호사님."

"유언장 집행하겠습니다."

변호사가 서류를 꺼내 들었다.

"변호사님, 저는……."

"유언장, 유언인 진복녀. 상기 본인은 본인의 유가증권 일체를 국립과학수사연구소 이창하 검시관님에게 상속한다. 이 상속에는 어떤 조건도 없다."

"변호사님."

"동 상속에 의거 상속받을 주식의 현재가액은 약 84억에 달함을 알려 드립니다."

"84억요?"

"선생님이 직접 처분하셔도 좋고, 아니면 제게 일임하셔도 됩니다. 할머니의 유지를 받들어 이 경우의 수임료나 수수료는 일체 받지 않겠습니다."

"말도 안 됩니다. 무려 84억을?"

"한마디 덧붙이자면 할머니의 유언이 없었을 경우의 법정상속인은 사촌 남동생입니다. 그는 도박중독자로 가산을 탕진한 전력이 있고 지금도 돈만 생기면 인터넷 도박부터 경마장, 토토까지 가리지 않는 사람입니다. 그렇기에 주식 외의 부동산 역시 할머니가 관여하시던 장학 법인에 전액 기탁을 하셨습니다."

"……!"

"할머니의 유지입니다. 부디 받아주십시오."

변호사가 육성 녹음을 틀었다. 할머니의 목소리가 나왔다.

—이창하 선생님, 고맙습니다. 덕분에 내가 죽어도 먼저 간 우리 아들 내외 볼 면목이 생겼습니다. 선생님 같은 분에게

돈이 무슨 소용이겠습니까마는 그래도 제 아들과 제가 피땀으로 이룬 재산의 일부로 부끄러움은 한 톨도 없으니 거두어 주시면 늙은이의 황천길이 편할 것 같습니다.

할머니…….

부검실에서 들었던 것처럼 생생한 목소리…….

육성까지 듣게 되니 차마 거부한다는 말을 할 수가 없었다.

"이게 제가 받아도 되는 겁니까?"

"법률적 검토를 거쳤습니다. 문제는 없습니다."

"그렇다면 저도 옵션이 있습니다."

"뭐죠?"

"얼마 전에 영아 유기 부검이 있었습니다. 사산된 아기를 버린 여학생인데 굉장히 어렵게 살고 있다고 들었거든요."

"……."

"일부를 처분해 그 아이에게 작은 전세라도 하나를 얻어주시기 바랍니다. 그게 선행되면 제가 받겠습니다."

"과연 할머니시군요."

"예?"

"실은 왜 난데없이 검시관에게 재산을 주시나 의아했거든요. 그런데 선생님 마인드를 보니 이해가 갑니다. 말씀대로 하겠습니다."

"할머니 묘지는 어딘가요?"

"잠깐만요."

변호사가 납골당 주소를 알려주었다. 내비게이션에 주소를 찍고 그리로 향했다. 할머니는 가족 납골묘에 봉안되어 있었다. 이렇게나마 가족이 한자리에 뭉친 것이다.

'할머니…….'

고맙습니다.

당신이 남긴 돈은 손녀처럼 억울한 주검을 맞은 사람들의 진실을 밝히는 데 사용하겠습니다. 편히 눈 감으세요.

기도를 남기고 돌아섰다. 전세금 외에는 주식에 손대지 않을 생각이었다.

부검판 로또 당첨과도 같은 행운.

그대로 두었다가 법과학공사를 만들 때 토대로 삼을 생각.

어쩌면 이 또한 법과학공사를 만들라는 계시로 받아들이는 창하였다.

제9장

—

죽어서도 너를 지켜줄게

사랑과 연기는 감출 수 없다.

하지만 감출 수 없는 게 또 하나 있었다. 바로 명망이었다. 창하가 그랬다. 국과수 신참. 어느새 그 꼬리표는 사라지고 없었다. 자타 공인의 국과수 에이스가 된 것이다.

서울 사무소 내의 위상도 높아졌다. 실력 외에도 국무총리의 지지가 한몫을 했다. 창하가 소문낸 적도 없지만 사람들은 알고 있었다. 창하가 총리의 총애를 받는다는 것. 그럼에도 창하는 겸허했으니 국과수 내의 시기심도 조금씩 줄어들었다.

무엇보다 권우재와의 관계 개선이 눈에 띄었다. 그는 이제 창하를 한 사람의 동료로 받아들였으니 난해한 부검에 대한 조언도 묻고, 자신의 노하우를 전해주는 것도 망설이지 않았다. 구속된 지한세의 빈자리가 컸지만 사실은 전화위복이 된 서울 사무소였다.

정국은 완전하게 재편되어 가고 있었다. 중국과의 관계 개선 뒤에 총리의 막후 역할이 있었다고 알려지면서 대선후보군들 사이의 인기도도 수직 상승을 했다.

"영국식 법과학공사?"

어느 날 저녁, 정종 대폿집에서 뭉친 피경철이 고개를 들었다.

"시기상조일까요?"

창하가 넌지시 운을 떼었다.

"글쎄… 국과수 수준으로 보면 가능한 일이지만 연관 부서에서 그냥 있을까? 그렇게 되자면 법안부터 통과되어야 하고 시설도 장난이 아닌데… 그 돈이면 폼 나는 전문병원 차리지 법과학공사 차릴 의료 재벌이 있을지……."

"제가 차린다니까요."

"이 선생……."

피경철이 웃는다. 무시해서가 아니다. 대한민국은 국과수 체제. 이미 이렇게 정리가 된 시스템이었다. 경찰청이 걸려 있고 행안부가 걸려 있다. 그들 모두의 양보와 이해가 나와야 하는데 보수적인 공무원들이 얼쑤 쌍수를 들 리 없었다.

더구나 법안을 만드는 건 정부 아니면 국회. 그들이 남는 거 없는 국과수를 위해 열일할 리가 만무하다. 설령 그렇다고 해도 또 하나의 과제가 있으니 바로 자금이었다. 누가 이런 일을 위해 거액을 투자해 법과학공사를 설립할 것인가?

"영국도 저절로 되었을 리는 없잖습니까?"

"뭐 그렇긴 하지."

"아무튼 견해는 어떠세요?"

"법의학이 커지는 일이니 나야 대환영이지만……."

"꼭 될 겁니다."

"하긴 자네가 총리의 총애를 받고 있으니 그 총리께서 대통령에 당선되어 국과수 외의 법의학 감정기관 설립을 가능하게 해준다면 그럴 수도 있지."

"그렇죠? 모든 가능성을 동원하면 길은 있잖습니까?"

"하여간 대단해."

피경철이 웃었다.

"뭐가요?"

"이 선생 말이야. 짧은 시간에 대한민국 국과수의 역사를 새로 쓰고 있잖는가? 사인 분석 능력도 그렇지만 남들은 꿈도 못 꾸던 법과학공사라니……."

"검시관도 의사입니다. 맨날 경찰에서 의뢰하는 일만 받을 수 없죠. 같은 일이라도 자기 주도적으로 하면 더 보람될 것으로 생각합니다."

대화하는 사이에 텔레비전 화면 소리가 커졌다. 손님이 리모컨의 볼륨을 올린 것이다. 화면에 나오는 건 유명 연예인의 흙탕물 폭로 이혼소송이었다.

최고의 훈남 가수와 최고의 미녀 배우.

두 사람이 결혼을 했다. 대한민국이 들썩거렸다. 다른 연예인과 달리 검소하게 치른 결혼식이 그랬고 신혼여행이 그랬다. 그들의 신혼여행지는 시리아의 난민 수용소였다. 거기서 3박 4일 봉사를 한 것이다.

「역대급 개념 커플」

당시 인터넷을 도배한 글이었다. 하지만 그들 결혼의 화두는 다른 말에 있었다.

「죽어서도 너를 지켜줄게」

그들이 공개한 청혼 은반지에 새겨진 글귀 하나. 모든 사람들의 마음을 흔들기에 충분하고도 남았다.

그때는 그랬다.

하지만 사랑은 움직이는 것.

게다가 너무 빨리 움직였다.

둘은 고작 1년 하고도 2개월 만에 파경을 맞았다.

그 파경의 끝은 추했다. 그사이에 다른 남녀가 등장하고 각자의 과거사까지 들먹거린다. 결국 그들의 결혼은 인기를 올리기 위한 눈속임 이벤트였다는 사실까지 나왔다. 시리아의 난민 수용소에서는 사진만 찍고 최고의 호텔에서 초호화 허니문을 즐겼던 것.

뉴스의 끝에 화두의 반전이 나왔다.

「죽어서도 너를 배신할게」

"으아, 신랄하네."

혼술을 마시던 남자가 혀를 찼다.

"미혼으로서 어때?"

피경철이 소감을 물었다.

"죽어서도 너를 지켜줄게… 말이 너무 앞서갔네요."

"빈 수레가 요란한 법이니까. 하지만 무슨 상관인가? 저러고도 몇 달 후면 활동 재개하면서 누구랑 열애에 빠졌네 처음 실패를 반면교사 삼아 예쁘게 사랑하겠네 할 텐데. 세상에 가장 쓸데없는 게 연예인들 걱정하는 거 아닌가?"

"선생님은 어떠세요?"

"죽어서도 너를 지켜줄게?"

"예, 그런 사랑이셨나요?"

"아서, 우리도 유효기간 초과야. 죽을 때까지 사랑하는 사람이 어디 있겠어. 그런데 거기서도 한술 더 떠서 죽어서도 너를 지켜줘?"

"……."

"자, 우리 미래의 법과학공사 대표님, 그만 마무리하고 갈까요? 과음은 명쾌한 사인 분석에 방해가 되니."

"네, 선생님."

잔을 비우고 일어섰다.

죽어서도 너를 지켜줄게.

두 연예인은 파국을 맞았지만 그 말은 창하 귀에 남았다. 세상에 그런 사랑이 있을까? 미혼이기에 한 번쯤은 생각해 보는 단어.

하지만.

그런 사랑은 있었다. 다음 날 창하가 만난 노부부의 부검이 그랬다.

"첫 부검은 익사 사고인데요?"

창하 사무실에 들어선 원빈이 부검 배정표를 내려놓았다. 창하는 법치의학 전문서를 보던 중이었다.

"그런데 부부가 같이 죽었대요."

그 말에 창하가 반응했다.

"부부가요? 다슬기라도 잡다가 강물에 빠졌나요?"

"아뇨. 이게 집 안의 욕조에서……."

"욕조?"

"이쪽 경찰서에 아는 분이 있거든요. 오늘 온다고 전화가 왔더라고요. 그래서 대략 들었는데……."

"욕조라… 어르신들인가요?"

"네, 두 분 다 80을 넘었다더라고요."

"그럼 노로간병?"

창하 미간이 구겨졌다. 노로간병은 노인이 노인을 간병하는 상황을 뜻한다. 이제 와서 새로울 것도 없다. 웬만한 요양병원이 그렇고 요양원이 그렇다. 어떤 요양원을 가면 간병사가 입원자인지, 입원자가 간병사인지 헛갈릴 정도로 고령자 간병사가 많았다.

"안타깝군요."

창하가 책을 덮었다. 하긴 안타깝지 않은 죽음이 어디 있을까? 시간이 되었으니 사무실을 나왔다. 대기실에서 형사의 설명을 들을 시간이었다.

"김 선배님."

같이 들어선 원빈이 형사와 인사를 나눴다. 같은 대학을 나왔다고 한다.

"현장 사진입니다."

형사가 아이패드 화면을 열었다. 아담한 아파트였다. 평범한 욕실인데 욕조가 조금 큰 편이었다.

"할머니는 어릴 때 수영선수였고 할아버지 역시 디스크를 앓아 온수 목욕이나 반신욕을 좋아했다고 합니다. 그래서 욕조를 조금 큰 것으로 들였는데 그게……."

형사가 말끝을 흐린다. 이유는 다음 사진에서 나왔다. 욕조 안의 두 사람. 노년의 남편과 아내였다. 남편은 옷을 입었고 아내는 나체인 상태. 그러나 욕조 안의 풍경은 반전이었으니 남편이 아래쪽이고 아내는 남편 배 위에 엎어진 포지션이었다. 체격 역시 그런 쪽이라 여자는 뚱뚱하고 남자는 말랐다.

남편은 완전 입수, 아내는 목과 얼굴, 그리고 하체 입수…….

"최초 발견자가 막내아들이에요. 부모와 특별한 의견 충돌 같은 건 없는 것 같은데 얼마 전에 이런 식으로 외삼촌 부부를 살해한 사건이 있었고 최근 들어 할아버지와 할머니 간에 약간의 문제가 있었다고 해서요."

"두 분 건강은요?"

창하가 물었다.

"그게… 할머니 쪽이 치매가 왔다고……."

치매.

아픈 단어가 나왔다.

"다른 정황은요?"

"별다른 건 없었습니다. 도난당한 것도 없고 유서도 없고……."

형사가 화면을 넘기기 시작했다. 노부부의 거실이 나오고

안방 풍경이 나왔다. 한 화면에는 약이 보였다. 할머니가 먹는 약. 여러 종류의 약을 한 봉지로 합친 겉봉에 '아침, 점심, 저녁'이라는 글자가 보였다. 할아버지가 할머니를 위해 재포장한 모양이었다.

"자식이 둘인데 하나는 캄보디아에 나가 사업 중이고 또 하나는 인테리어 사업이라 전국을 돈다네요. 그래서 할머니를 요양원에 보내려고 상의했었는데 할머니가 반대하셔서 집에서 보호했다고 합니다."

"오늘 참관하시나요?"

"인테리어 하는 아들이 오기로 했는데 좀 늦는 모양입니다."

"잠깐만요."

넘어가는 화면을 세웠다. 벽에 걸린 낡은 손수건이었다. 거기 쓰인 육필이 창하 눈을 파고 들어왔다.

「죽어서도 너를 지켜줄게」

아들이 도착한 건 그때였다.

"늦어서 죄송합니다. 공사가 좀 늦게 끝나서요."

작업복 차림으로 온 아들이 꾸벅 인사를 해왔다.

"최초 발견자시라고요?"

창하가 아들을 바라보았다.

"네. 제가 좀 더 자주 들러야 하는데 요즘 경기가 나빠서 지방으로 돌다 보니……."

"어머니는 치매라던데 아버지는 어떠신가요?"

"아버지도 종합병원이죠 뭐. 중년에 다친 허리 디스크에 어깨와 손목까지 아파서 어머니를 돌보기에는 좀 무리인 측면도 있었어요."

"그래도 요양원은 안 가셨네요?"

"어머니가 난리를 치시니까요. 요양원이나 요양병원 보낼 거면 그냥 죽이라는 게 노래였어요. 제정신 돌아오실 때마다 그러시니… 게다가 아버지께서 어머니께 약속한 게 있다고……."

"약속요?"

"그게… 연애 때 이야기라……."

"혹시 이건가요?"

창하가 화면을 밀었다. 죽어서도 너를 지켜줄게. 손수건 화면이 나왔다.

"맞습니다. 어머니가 치매에 걸리셔서도 그 말을 기억하고 계셨어요. 죽어서도 지켜준다더니 죽지도 않았는데 요양원에다 버리려고 하냐며……."

"……."

"뭐, 솔직히 말하면 어머니 때문에 아버지가 노년에 많이 힘드셨죠."

"또 다른 게 있군요?"

"예. 우리 어머니, 사실 어릴 때 삼각관계였거든요. 아버지와 동네 오빠, 그리고 우리 어머니……."

"……."

"처음에는 동네 오빠와 사귀었는데 그 사람이 한눈을 팔 때 우리 아버지랑 친해진 모양이에요. 어머니가 고민할 때 아버지가 저 옵션을 걸었다고 하더라고요."

"그 손수건에 감동한 어머니가 동네 오빠를 정리하고 아버지와 결혼을 했어요. 그리고 치매에 걸리기 전까지 무난하게 사셨죠. 아버지도 그 약속처럼 평생 다른 여자는 쳐다보지도 않았고요. 어머니도 물론……."

"치매 걸리기 전까지라고요?"

"예."

"그럼 치매 걸린 후에 변화가 생겼나요?"

"예."

"……?"

"우리 어머니 치매가 하필 그 치매였어요. 옛날 그 동네 오빠하고 사귈 때로 돌아가는… 그러다 보니 가끔은 아버지를 그 동네 오빠로 알고……."

"……."

"그렇다고 오해는 하지 마세요. 일부 경찰들 추측처럼 우리 아버지가 그런 이유로 어머니를 죽게 하거나 죽이려다가 같이 죽을 분은 아니니까요."

아들이 형사를 바라보았다. 형사는 큼, 헛기침으로 아들의 시선을 비켰다. 창하 콧날이 시큰해진다. 삼각관계에 있던 연적. 치매에 걸린 아내라지만 마음 편할 리 없었다.

"간병은 전적으로 아버지 혼자셨나요?"

"네, 큰 병원 갈 때는 제가 좀 도왔지만 동네 의원이나 일상은 아버지께서……."

"아드님 보시기에는 익사로군요?"

"아버지가 요즘 허리와 어깨가 많이 안 좋아서 어머니를 욕조에 넣다 뺐다 하는 게 장난 아니라고 하신 적이 있어요. 그래서 가급적이면 욕실 바닥에서 샤워를 시키려 하는데 어머니는 또 욕조를 너무 좋아하셔서……."

"알겠습니다. 부검실로 가시죠."

창하가 일어섰다. 정황 이해는 이 정도면 충분했다.

"부검 시작합니다."

부검실에 창하 목소리가 울려 퍼졌다. 부검대 위의 시신은 두 구였다. 체구는 아주 달랐다. 그러나 부부는 닮는 법이니 얼굴만은 비슷하게 느껴졌다.

익사의 사망 기전은 어떨까? 인간은 공기를 흡입해야 산다. 공기를 대신해 액체를 흡입하면 산소를 얻을 수 없으니 사망하게 된다. 그러나 특이하게 물속에서 10여 분을 견디는 사람도 있으니 산소 결핍이 절대적인 사망 요인은 아니다.

사람이 물에 빠져 죽는 과정은 보통 4단계로 나눈다. 첫 단계에서 호흡이 멈추고 두 번째, 그로 인해 호흡곤란과 경련이 일어난다. 세 번째로 호흡이 정지되는데 이때 약 1분 정도의 가사 상태로 변한다. 마지막은 종말 호흡이다. 발작성 호흡과 함께 목숨을 잃는다.

부부는 둘 다 익사의 특징을 가지고 있었다. 코와 입, 기도 내의 포말이 그랬고 팽창된 폐가 그랬다. 호흡근의 출혈 소견도 있고 나비뼈결굴 안에서 익수도 관찰되었다.

부부 사이, 욕조에서 함께 죽은 운명. 그럼에도 다른 것은 있었다. 우선 할머니 팔과 등에 손톱 상처가 많았다.

할아버지는 오른쪽 손목이 부러지고 팔꿈치의 노뼈머리인대와 가쪽곁인대가 늘어나 있었다. 왼팔은 조금 덜하지만 역시 마찬가지. 척추 또한 고단한 추간판이 밀려 나온 상태였다.

이건 지병이 아니었다. 지병이 이 정도라면 할아버지도 입원을 해야 했다.

그렇다면 어떻게 이런 일이 발생했을까?

넓은 욕조.

집 안에는 노부부 둘.

할머니는 치매에 거구이고 할아버지는 몸이 아파 굴신이 자연스럽지 않은 사람…….

창하가 프로파일링을 시작했다.

"목욕할래."

할머니가 말한다. 처음에는 샤워로 시작했을지 모른다. 할아버지의 허리와 어깨 때문이었다.

"탕에 들어갈래."

할머니가 고집을 부린다. 치매가 오면 고집이 세지는 경우가 있다. 결국 물을 받고 할머니를 입수시킨다. 할머니는 나체고 할아버지는 옷을 입은 게 방증이었다.

옷을 입은 할아버지가 욕조 안에 들어가는 일은 한 가지뿐이다. 할머니를 꺼내려다 힘이 달려 욕조에 빠진 것. 할아버지가 빠졌지만 할머니는 상황을 모른다. 그저 허우적거리니 서둘러 꺼내려다 할머니의 팔과 등에 손톱자국이 남았다.

발악하는 할머니의 힘이 강하니 할아버지가 욕조에 빨려들어간다. 할머니가 할아버지를 깔고 앉은 채 버둥거린다. 할아버지가 물을 먹었다. 할머니가 육중한 몸으로 누르니 어쩔 도리가 없는 것이다. 깔린 채 남은 힘을 다해 할머니를 밀어올린다. 허리와 팔꿈치는 그때 나갔다. 그럼에도 할머니는 중심을 잡지 못한다.

텀벙텀벙.

의미 없는 몸부림이 반복되면서 할아버지의 숨이 끊긴다. 할머니 역시 허우적거리다 힘이 빠져 그 위에 늘어진다. 얼굴에 물에 잠긴다.

'아!'

창하 입에서 신음 소리가 새어 나왔다.

노로간병의 비극이지만 할아버지의 사투가 더 가슴 아팠다. 죽음이 코앞에 온 순간에도 할머니를 밀어 올리려고 사력을 다한 것이다.

결국 죽어서도 할머니를 지켰다. 그건 시신의 경직도로 알 수 있었다. 할머니의 시신은 싸늘한 상태로 경직. 그러나 할아버지는 싸늘하지만 이완. 그건 곧 할아버지가 할머니보다 앞서 죽었다는 증거가 될 수 있었다.

"아버님이 대단하셨네요."

부검을 끝내며 아들을 바라보았다.

"네?"

"어머님을 구하기 위해 짧은 시간이나마 사투를 벌이셨어요. 어머님 팔과 등의 상처는 끌어내려다 생긴 거고요. 욕조에 빠진 후에도 어머님 아래에서 몸으로 지탱해 주었으니 아까 본 그 글귀가 딱이네요."

"선생님……."

"죽어서도 너를 지켜줄게."

"……."

“사망의 원인은 익사, 사망의 종류는 사고사입니다. 부검 종료합니다.”

결과를 알려주고 시신을 정성껏 수습했다. 특히 할아버지… 돌출된 척추 디스크를 제자리에 밀어 넣고 굽은 팔꿈치도 제대로 펴주었다. 죽어서도 할머니를 지켜줄 할아버지. 그래야 더 오래 할머니를 지킬 수 있을 테니까.

제10장

—

절묘한 페이크

좌아아!

하루 종일 비가 내렸다. 비 오는 날의 부검실은 조금 다르다. 시신의 시취 강도가 세지는 것이다. 오래전 국과수 부검실은 지하실이었단다. 비가 오면 시신 냄새와 고정액들 냄새가 기승을 부려 애를 먹었다. 지금은 조금 나아졌다지만 냄새의 본질은 어쩔 수 없었다. 병원에 가면 병원 냄새가 난다. 마찬가지로 부검실에서는 부검 냄새가 난다. 시취의 정체는 황화수소와 암모니아다. 달걀 썩는 냄새의 역겨움을 상상하면 이해가 쉽다.

오후에 올라온 시신은 태국인이었다. 불법체류자 신분이다.

성남시의 지하 셋방에서 엎드려 죽은 채 발견이 되었다. 최근 들어 태국인의 불법체류가 심각해지고 있었다. 그러다 보니 그들과 관련된 범죄도 늘었다.

"마약쟁이 같은데요?"

비닐 랩을 벗긴 원빈이 미간을 찡그렸다. 시신의 팔 때문이었다. 정맥흔이 한눈에 들어왔다.

"멍인가?"

광배가 팔뚝을 가리켰다.

"잠깐만요."

라텍스 장갑을 손샅에 밀착시키던 창하가 그 손을 막았다.

"예?"

"음압실 체크해 보세요."

"거긴 소예나 선생님이 결핵 의심 시신 부검 중인데요?"

"……."

"왜요? 감염병자 같습니까?"

"그렇네요. 두 분 잠깐 나가 계세요."

"선생님은요?"

"제가 확인하고 신호할게요."

창하가 문을 가리켰다.

"안 됩니다. 위험할 것 같으면 기다렸다가 소예나 선생님 부검 끝나면 옮겨서 하시죠. 제가 순번 받아놓겠습니다."

"소 선생님은 오래 걸립니다. 우리는 다음 부검이 또 있고요. 그 시신의 가족들은 병원 영안실에 있다더군요. 부검 끝나기만 기다리면서……."

"하지만……."

"어서요. 확인만 한다니까요."

창하의 목소리가 높아졌다. 이제는 원 팀이 된 원빈과 광배. 확실치는 않지만 위험에 노출시키고 싶지 않았다.

"알겠습니다. 그럼 확인만 하십시오."

광배가 다짐을 놓고 나갔다. 창하가 문을 잠가 버렸다.

'오톱시(AUTOPSY)…….'

창하의 눈은 시신에 있었다. 갈비뼈가 드러나도록 깡마른 태국 남성. 동시에 여기저기 엿보이는 기이한 반점. 그건 아무래도 타력에 의한 손상이 아니라 감염증의 발로처럼 보였다.

부검을 뜻하는 AUTOPSY의 AUTO는 스스로 보여준다는 의미가 담겼다. 그 말은 곧 시신이 말하는 걸 알아채야 한다는 뜻. 그건 검시관의 오감으로 감지해야 하는 것이니 창하는 자신에게 발동된 촉을 믿었다.

깡마른 시신의 구석구석을 살피며 시신의 이야기를 들었다. 여기저기 얼룩진 반점을 살핀 창하, 마음속에서 사인 하나를 꺼내놓았다.

AIDS.

소위 말하는 HIV로 보였다. 세계적으로는 감소 추세지만 유독 한국에서만 증가 추세를 보이는 천형 에이즈. 방성욱이

준 면역 실드가 아니라면 창하 역시 음압실 자리가 빌 때까지 기다리는 게 옳았다.

반점은 카포지 육종으로 보였다. 검사용 샘플을 따고 절개에 들어갔다.

"……!"

가슴을 열어젖힌 창하, 비로소 안도의 한숨을 쉬었다. AIDS에 결핵까지 온 말기 AIDS 환자였다. 폐는 오물을 뒤집어쓴 듯 엉망이었고 간과 대장 등에도 카포지 육종이 우후죽순처럼 밀고 올라와 있었다.

지이잉!

마지막으로 머리를 열었다. 창밖에서 원빈이 창을 두드리지만 돌아보지 않았다. 뇌막을 열고 보니 뇌수막염이 완연했다. AIDS 환자라는 재확인이었다.

마무리로 정맥흔이 도드라진 왼팔과 왼 다리의 피부를 열었다. 그 안의 정맥과 조직 또한 처참했다. 찌르고 또 찔러 정맥과 조직이 괴사된 팔뚝. 마약과 AIDS 검사를 위한 채혈을 끝으로 부검을 마쳤다.

"사망의 종류는 병사, AIDS 환자네요. 발견부터 이송까지 혈액이나 체액에 노출된 분이 계시면 12주 후에 관련 검사를 받아보도록 조치해 주세요. 혹 상처가 있는 분이라면 6개월 후에 재확인 검사까지요."

형사에게 사인을 알려주었다.

"우억, AIDS……."

형사가 소스라쳤다. AIDS는 본인만 조심하면 걸리지 않는다. 공기 감염이나 비말 감염이 아니기 때문이다. 그러나 그 공포감은 다른 감염병보다 앞서간다. 그렇기에 형사도 몸을 사리는 것이다.

"응?"

시신이 나가자 복도로 나온 창하, 그런데 원빈과 광배가 보이지 않았다.

'화가 났나?'

커피 세 잔을 뽑아 들고 어시스트 사무실로 들어갔다. 둘은 거기 있었다. 창하를 보더니 고개를 숙인다. 정말 화가 난 모양이었다.

"삐졌어요?"

커피를 건네주고 원빈에게 물었다.

"……."

"천 선생님도요?"

"……."

"화 푸세요. 그럼 제가 미안하잖아요?"

"……."

"AIDS 환자였어요. 게다가 결핵까지 있으니……."

"그러니까 더 이러는 거 아닙니까?"

광배가 겨우 입을 열었다.

"예?"

"선생님은 뭐 목숨이 두 개입니까? 안 되면 다 같이 안 돼야죠. 원 팀이라더니 선생님 혼자 위험을 감수해도 되는 거냐고요?"

"저는 결핵과 AIDS 면역자라서……."

"허얼!"

광배가 헛웃음을 웃었다.

"내가 의사는 아니지만 AIDS 면역자라는 말은 처음 들어봅니다."

"그럼 어쩝니까? 우리 셋 다 결핵이나 AIDS 걸려서 나란히 침대에 누워야 합니까?"

"뭐 그것도 나쁘지 않지요. 선생님과 함께라면……."

"……."

"지난번 탄저 기억하십니까? 그때 솔직히 겁이 조금 났지만 선생님과 함께하고 보니 짜릿한 카타르시스 같은 게 있었다고요. 그런데 오늘은 꼭 무슨 배신자 같다고요."

"좋아요. 그럼 다음부터는 진짜 같이 살고 같이 죽죠. 그럼 됐습니까?"

"약속하신 겁니다."

"네, 그러니 빨리 드시고 들어가자고요. 시신은 벌써 들어온 것 같던데……."

"걱정 마시고 차나 드세요. 우리가 다 체크해 두었으니."

"어엇, 역시……."

창하가 엄지를 세웠다. 그제야 마음이 풀린 두 사람이 가까이 다가앉았다. 비 오는 날, 위로가 되는 커피 향. 그보다 진한 두 사람의 정이 창하 마음속에 녹아들었다.

찌릉찌릉!

부검에 들어가기 직전, 창하 책상의 전화기가 울렸다.

"검시관 이창하입니다."

창하가 전화를 받았다.

―나 석태일이오.

전화기 속에서 묵직한 음성이 흘러나왔다. 석태일이라면 원주 본원의 센터장. 대한민국 국과수 검시관들의 총책임자다. 창하와는 두어 번 대면한 적이 있었다.

"아, 센터장님."

―이라은이라고 부검할 시신이 있을 텐데 이 선생에게 배정이 될 걸세.

"이라은? 아마 이번 부검일 것 같은데요?"

―그럼 아직이군?

"예, 무슨 일이죠?"

―그 부검 내가 이 선생에게 배정을 부탁했네만.

"센터장님이요?"

―경찰서 담당, 아직 안 왔나?

“지금 도착한 것 같습니다.”

—곧 알게 되겠지만 이게 또 굉장히 민감한 사건이 될 수 있는 건이네.

‘민감?’

—반재규 외교부 장관 아시지?

“예…….”

창하가 답했다. 최근 들어 전 국민적인 이슈를 일으킨 장관이었다. 청문회 때문이었다. 딴죽을 걸고 들어오는 야당 의원들에게 사이다성 발언을 날려 뭉개 버린 것. 보통 장관 후보들은 을의 입장이라 당하는 게 상례였지만 이 후보는 달랐다. 미국 생활을 오래해 온 것에 대한 우려를 한 방에 날렸으니 그중에는 자식의 진학과 연예인 데뷔 과정의 특혜를 문제 삼은 경우도 있었다.

“우리 아이는 미국 시민권자지만 자원입대로 만기 전역을 했습니다. 군대도 안 다녀오신 분들이 시비를 거는 건 주객이 전도된 일이라 생각합니다.”

그것으로 청문회는 종을 쳤다. 야당 의원들의 KO패였다. 그리하여 국민적 기대감을 한 몸에 받고 있는 반재규 외교부 장관. 그런 그와 연결이 되는 거란 말인가?

—해서 하는 말인데 부검 결과가 나오면 결과 공표하기 전

에 나에게 먼저 알려주시게. 어시스트들도 입단속하시고…….

"센터장님."

—정치권에서 연락을 받았네만 반 장관의 아들 이름이 거론되는 사건이라네.

"……."

—말 꺼내기 조심스럽지만 지난번에 송대방 교수 일로 국과수가 난처했지 않은가? 만약이지만 반 장관님 아들이 관여되었다면 또 한 번 후폭풍을 맞을 수도 있네. 거푸 이어지는 후폭풍은 우리에게 치명적일 수 있네. 이해하시겠나?

"예……."

—내가 보고받기로 사망자는 반 장관 아들이 미국에서 살 때부터 친구였는데 한국에서 가수가 되자 스토커처럼 굴었다더군. 마약 투약 전력이 있는 여자인데 이번 사건 역시 장관님 아들의 관심을 끌기 위해 무리를 하다가 치사량 주입으로…….

"그 설명은 형사에게 자세히 듣겠습니다."

창하가 선을 그었다. 미리 선입견을 갖고 싶지 않았다.

—어련하시겠나? 아무튼 결과가 나오면 나에게 먼저.

"……."

—이 선생.

"일단 부검부터 진행해 보겠습니다. 아직 시신도 보지 않은 상태라……."

—조직을 위해서 하는 말이네. 내 말 명심하시게.

딸깍!

석태일 센터장의 전화가 끊겼다. 기분이 좋지 않았다. 센터장의 직접 배정이라면 다음 과정은?

'소장님 차례?'

창하가 고개를 들었다. 시선의 끝은 출입문이었다. 예상대로 소장이 들어섰다.

"이 선생."

그가 한 말도 센터장의 것과 같았다.

"야당도 벼르는 상태고 반 장관 역시 강골이 아닌가? 자칫 우리 국과수가 또 폭풍에 휘말릴 수 있네. 그러니 센터장님께 협조해 주시게."

꾸벅!

목 인사로 답을 대신하고 나왔다. 조직이란… 언제나 높은 사람들이 안달이다. 사안은 이해하지만 기분은 좋지 않았다. 과학적으로 부검하고, 도출된 결과를 발표하면 그만이다. 감출 것도 과장할 필요도 없다. 창하의 생각은 그랬다.

대기실에 들어서며 경찰과 보호자에게 인사를 했다. 보호자는 20대 후반의 여자로 사망자의 언니. 직업은 패션모델이었다.

"사건 경위부터 들어볼까요?"

창하가 경찰에게 말했다. 사안의 중요성 때문인지 연희 경찰서 강력 팀장이 시신을 인도해 온 것.

"현장 사진입니다."

팀장이 현장 사진 출력물을 펼쳐 보였다. 장소는 여자의 원룸 화장실. 사망자 이라은은 변기에 걸터앉은 채 시신으로 발견되었다. 옷은 반소매 원피스 차림으로 레이스 치장이 화려했다. 두 팔을 늘어뜨린 상태로 왼 팔뚝과 팔오금에 주사 자국이 선명하다. 자국을 따라 맺힌 피를 보니 신선 혈액. 바늘 구멍은 굉장히 많았다.

'사망 직전에 생긴 주사 자국…….'

그 밖의 정맥흔도 몇 개 보였다. 하지만 사진상이니 뚜렷하지는 않았다.

"이게 현장에서 발견된 주사기들입니다. 저희가 검사를 마쳤는데 마약으로 나왔습니다."

다른 사진이 나왔다. 일회용 1㎜ 주사기가 무려 아홉이었다.

"주사기는 가져오셨나요?"

"예, 여기……."

팀장이 비닐 봉투를 꺼내 보였다. 투명한 비닐 안에 아홉 개의 주사기. 속은 모두 비어 있었다.

"마약 분석 결과 헤로인과 코카인 종류더군요. 주사기 안에서도 성분이 나왔고 혈액검사에서도 증명이 되었습니다. 아홉 방이면 치사량에 가깝죠."

"타살의 징후가 있었나요?"

"외부 침입의 징후는 없었습니다. 누굴 기다리던 건지 테이블에 이런 게……."

다시 사진이 넘어갔다. 창가에 꾸며진 테이블이었다. 와인잔이 두 개 보이고 아보카도 샐러드 옆에 향초가 켜져 있다.

"누굴 기다린 건지는 밝혀졌습니까?"

"그게 사망자의 카톡상으로는 가수 반주형인데 반주형 씨는 하도 귀찮아서 간다고 했을 뿐 가지 않았고 갈 생각도 없었다고 합니다. 이 여자가 거의 날마다 편지를 보내올 정도로 스토커였다고……."

"안 갔다?"

"그쪽 말로는 그날 CF 스폰서 일로 파티가 있었고 술을 많이 마셔서 차 안에서 잤다고 하더군요. CCTV 확인해 보니 주차장으로 들어서는 모습이 있었습니다. 차는 다음 날까지 나가지 않았고요."

"경찰 쪽 생각은요?"

"저희 프로파일러의 의견은 어쨌든 반주형을 기다리던 이라은이 반주형이 오지 않자 상실감에 마약을 과용하지 않았나……."

"잠깐만요. 결론은 국과수 결과로 가리기로 했잖아요?"

듣고 있던 언니가 끼어들었다.

"지금 상황을 전달하고 있는 거 아닙니까?"

"결론까지 내고 있으니까 그렇죠. 라은이가 죽은 건 사실이지만 이건 명백한 타살이에요. 스토커도 아니고요. 우리 라은이는 편지 같은 거 쓰지 않아요."

"이 여자가 정말… 아, 당신이 경찰이야? 출력된 편지는 우리가 확인을 했어요. 게다가 당신 동생이 마약 하는 건 사실이라며?"

팀장이 핏대를 세우고 나섰다.

"굉장히 피로한 날 한두 번 하기는 했어요. 하지만 이런 식으로는 하지 않아요. 그리고 출력된 편지가 우리 라은이 건지 어떻게 알아요? 그건 아무나 프린터로 만들 수 있잖아요? 이건 누군가 의도적으로 꾸민 일이라고요."

"의도적? 말조심해요. 피해자 가족이라고 명예훼손에 대한 면책특권이 있는 건 아니거든요?"

"아무튼 부검요. 저는 경찰 말 믿지 않아요."

언니는 비장했다. 호리호리한 몸에서 터져 나오는 목소리는 차라리 확신에 차 있었다.

"이제 언니 얘기를 들어보죠."

창하가 그녀에게 기회를 주었다. 그래야 공평할 것 같았다.

"이건 무조건 살인이에요. 제 동생이 과거에 마약을 한 건 사실이지만 그 마약 또한 미국 시절, 반주형에게 속아서 시작한 거예요. 하지만 걔는 절대 이렇게 미친 듯이 약을 놓지 않아요. 그리고 반주형은 동생 집에 왔어요. 내가 문자 보여줬잖아요?"

언니 목소리는 튀지 않았다. 그러나 결코 헐렁하지도 않았다.

"문자가 왔다고요?"

창하가 팀장을 바라보았다.

"'주형이가 샴페인 가지고 온댔어. 나 오늘 완전 해피 버스데이야. 언니, 나 어떡해?' 그런 문자를 보내기는 했더군요. 하지만 그건 동생이 거짓말을 했을 수도 있습니다."

팀장이 설명했다.

"거짓말? 무슨 거짓말요? 제 동생은 저한테 거짓말하지 않아요."

팀장 말이 끝나기도 전에 언니의 반론이 나왔다.

"그러니까 언니분은 반주형이라는 사람이 동생을 죽인 것으로 생각하고 있군요?"

창하가 그녀를 바라보았다.

"네."

그녀의 대답은 즉각적이었다.

"이유가 있나요?"

"한국에 와서 떴잖아요? 미국에 있을 때는 영어도 잘 못해서 제 동생 신세를 졌어요. 결혼까지 약속을 했죠. 하지만 한국에서 성공한 후로 태도가 변했어요. 동생이 한국으로 오니 잘 만나주지도 않고 문자 같은 것도 마지못해 해요. 왜겠어요? 그놈이 마약을 했잖아요. 제 동생에게도 마수를 뻗었잖아요? 혹시라도 그게 밝혀질까 봐 동생 입을 막은 거겠죠."

"이봐요. 반주형 씨는 소변검사까지 했지만 마약은 나오지 않았어요. 말조심해요."

"최근에는 물 뽕을 많이 한다고 했어요. 그건 하루만 지나면 증명되지 않아요."

팀장과 언니의 의견이 대립각을 이루었다. 그 둘을 창하가 막았다.

"두 분은 여기까지. 나머지는 부검이 끝난 다음에 말하는 게 좋겠습니다."

창하가 일어섰다.

부검실 안에는 광배와 원빈이 이미 준비를 끝낸 상태였다. 이라은은 싸늘한 시신으로 부검대에 놓여 있다. 그걸 본 언니 억장이 무너진다.

"라은아……."

반주형과 이라은.

둘은 미국에서 만났다. 연인 사이였다. 한국으로 먼저 들어온 반주형은 가수가 되었다. 이제 막 인기 가도를 달린다. 이라은은 늦게 돌아왔다.

반주형은 자신의 마약 복용을 알고 있는 이라은이 눈엣가시였다. 그게 밝혀지면 아버지도, 팬들의 사랑도 물 건너간다. 그래서 이라은을 마약 남용을 가장해 살해했다.

언니의 주장이다.

경찰의 입장은 다르다. 반주형에게서는 마약이 검출되지 않았다. 이라은과 반주형은 연인이 아니라 이라은이 맹목적으로 좋아하는 팬덤이다. 생일에 와줄 거라는 환상으로 기다리다가 오지 않으니 상실감에 과량의 마약을 주사해 주검에 이르렀다.

현장에 남은 건 마약용 일회용주사기 아홉 개.

짝!

손샅까지 당겨진 라텍스 장갑의 끝을 놓자 탄력이 찰지게 반응했다. 시신 속에 숨어 있는 진실. 그 문을 열 시간이었다.

*　　　*　　　*

외표 검사의 시작은 흰 드레스였다.

모든 접촉은 흔적을 남긴다.

가끔은 그 말이 직방인 경우가 있다. 이날이 그랬다. 조밀한 레이스 사이에서 첫 성과물이 나왔다.

"선생님."

광배였다. 노련한 어시스트답게 겹을 이룬 레이스 틈에서 털 하나를 찾아낸 것이다.

"머리카락일까요?"

광배가 중얼거렸다. 샘플 채집 비닐에 넣고 보니 머리카락이다. 확대경을 대보는 창하. 그러나 좀 거칠었다. 그사이에 광배가 또 하나의 털을 찾아냈다. 이번에는 흰색 계열이었다.

흰 털 한 가닥과 검은 털 한 가닥.

"반주형 사진 좀 띄워봐요."

창하가 말하자 원빈 손이 움직였다. 화면에 반주형의 사진이 올라왔다.

"머리카락."

창하가 주문하니 머리카락이 클로즈업된다. 반주형은 염색 머리였다. 눈치를 차린 원빈이 다른 사진들을 찾는다. 그의 염색은 주로 붉은색과 황금빛이었다. 원래 머리색은 진한 갈색이지만 지금은 완전 탈색 염색모. 검은 털과 흰 털은 그의 것이 아닐 것 같았다.

그렇다면 겨드랑이 털?

창하 고개가 갸우뚱 기울어진다. 젊은 반주형. 겨드랑이 털이 흰색일 리 없었다. 어쨌든 득템인 건 확실했다. 털을 두고 옷을 벗겼다.

채혈에 소변과 머리카락을 더해 마약 검사를 넘겼다. 그런 다음에 본격 외표 검사에 돌입했다.

이라은의 몸은 깨끗했다. 팔뚝의 정맥염과 주사 바늘 자국을 제외하면 흰 도화지 같을 정도였다. 등 쪽에도 시반 같은 건 없었다. 그러니까 어디선가 죽은 다음에 옮겨진 건 아니라는 뜻이었다.

정맥염이 새겨진 팔뚝에 확대경을 들이댔다.

"신선 피하출혈 자국이 열여섯 개, 오래된 자국이 한 개, 기타 상처 두 개."

창하가 정맥염의 실태를 체크했다. 주사기가 아홉인데 열여섯이 나오는 건 정맥을 잘못 찔러 다시 찔렀다고 보면 되었다.

오래된 하나는 그 이전의 상흔이다. 딱지가 떨어지기 직전으로 보아 일주일 가까이 되었다. 나머지 작은 상흔 둘은 벌레에 물렸거나 주사 바늘이 스친 자국 같았다.

이제는 정맥염의 사이즈를 측정했다. 신선 피하출혈 자국은 모두 열여섯 개. 그런데 네 개의 사이즈가 다른 것에 비해 비정상적으로 컸다.

'잘못 찌르고 같은 자리를 다시 찌른 걸까?'

궁금증을 확인하기 위해 팔꿈치의 오금을 절개했다. 안쪽의 정맥 상태는 그리 심각하지 않았다. 다만 정맥 손상이 네 개 정도 보였다. 말하자면 몇 번은 정맥 혈관을 찌르는 데 실패하고 다시 찔렀다는 뜻이었다.

정맥 상태만으로 보면 언니의 증언이 맞았다. 이라은은 마약중독은 아니었다. 적어도 정맥주사용으로는…….

그러나 경구용을 쓰거나 코로 흡입한다면 얘기는 다르다. 주사 바늘 따위가 필요 없는 것이다.

하지만 이라은의 경우에는 이 두 가지 타입이 배치가 된다.

아홉 개의 주사기를 동원해 자살을 감행했다?

그렇다면 평상시에도 주사기를 사용한다는 얘기? 그런 차에 오래된 주사 바늘 흉터는 하나뿐이었으니 중독을 논하기도 곤란했다.

'후우!'

숨을 고르고 가슴을 열었다. 지켜보던 언니가 눈물을 삼킨다.

"……!"

창하의 시선은 림프와 문맥 등의 내장 기관에 있었다. 헤로인과 코카인 등에 중독이 되면 임파선염이 나타난다. 지속적인 간의 손상으로 림프절이 커지는 것이다. 나아가 내장에도 출혈이 발생한다. 심장이 마비되면서 장기에 피가 차는 것. 내장과 위점막의 출혈의 소견이 보이지만 마약 과용의 그림과는 거리가 있었다.

'입은…….'

그대로 입을 벌렸다. 내장 출혈이 생기면 폐부종이 일어난다. 급성 마약중독사라고 해도 폐의 울혈과 부종은 피할 수 없다. 때로는 폐에 거품 소견도 나오기도 한다.

'돌기가?'

입을 들여다보던 창하의 고개가 한 번 더 갸웃 돌아갔다. 마약으로 인한 폐부종이면 입안에 독특한 돌기가 돋아난다. 그런데 그 또한 흔적에 불과할 뿐이었다.

잠시 멈추고 현장에 있던 주사기를 보았다. 아홉 주사기에는 보란 듯이 용액의 흔적이 남아 있다. 본래 마약쟁이들은 한 방울도 남기지 않고 밀어 넣는다. 피 같은 마약을 누가 남길까? 다만 이라은이 자살을 감행한 거라면 얘기는 다를 수 있다. 하지만 아니라면, 범인의 계산된 의도로 읽는 게 옳았다.

—마약 자살이야.

—주사기 안에 마약이 남았잖아?

—보면 몰라?

경찰에게 선입견을 심어주는 것이다.

"마약 검사 나왔습니다."

생각이 갈래를 칠 때 원빈의 목소리가 들렸다.

"아, 어때요?"

"주사기하고 일치한답니다. 헤로인과 코카인… 치사량에 가깝다네요?"

"그렇다니까."

듣고 있던 팀장이 중얼거렸다. 화면에 뜬 독성물질 검사 결과표를 보던 창하. 시신을 돌아보더니 한 번 더 고개가 갸웃 기울었다.

"잠깐 쉽니다. 기타 물질 검사까지 다시 요청해 주세요."

"예?"

"다시 요청하라고요. 마약 외의 기타 물질들……."

"선생님."

팀장이 기어이 참견을 하고 나왔다.

"필요합니다."

창하가 묵살해 버렸다.

그사이에 정맥염을 다시 살폈다. 팔꿈치의 오금 부분이었다. 그 부분의 혈관은 네 줄기였다. 열여섯 개의 바늘 흔적을 전부 체크한다. 넷은 관통이었다. 관통 부분에 확대경을 대니 손상의 사이즈가 달랐다.

'응?'

창하 촉이 우수수 일어섰다.

"1㎜ 주사기 좀 가져와 보세요. 3㎜하고 5㎜, 10㎜도."

창하가 원빈에게 지시를 내렸다.

"차이가 납니까?"

눈치를 차린 광배가 물었다.

"잠깐만요."

일단 확인부터 했다. 관통으로 손상된 부위와 주사기 바늘의 대조였다. 셋은 1㎜처럼 보이지만 하나는 달랐다. 1㎜ 주사기로 낼 수 있는 손상이 아닌 것. 굳이 이해를 하려면 1㎜ 주사기로 같은 부분을 3회 이상 찌르면 가능해지는 크기. 그러나 정맥주사의 문외한이 아니라면 같은 부위를 찌를 리 없었다. 그건 실패를 뜻하기 때문이었다.

"현장에 주사기는 이것밖에 없었습니까?"

창하가 팀장에게 물었다.

"예."

"바늘은요?"

"바늘도……."

"……."

숙고하는 사이에 기타 물질 검사 결과가 들어왔다.

"선생님."

원빈이 화면을 가리켰다.

"……!"

창하의 시선이 살짝 구겨졌다. 마그네슘 때문이었다. 시신에서 나온 마그네슘 농도가 비정상적으로 높았다. 생존 정상인에 비해 6배 이상 솟구친 것이다. 생존자들은 보통 15ppm 정도가 나온다. 그게 무려 104ppm을 가리키고 있었다.

"동생이 위산 약 같은 거 먹나요?"

언니에게 물었다.

"아뇨."

언니가 고개를 저었다.

마그네슘…….

6배 이상…….

사실 두세 배면 그냥 넘어갈 생각이었다. 사람이 죽으면 용혈 등으로 이온 평형이 깨진다. 그렇게 되면 마그네슘의 농도가 올라간다. 기타 제산제 등에도 마그네슘이 들어 있고 치킨에도 들어 있다. 그런 약이나 음식을 먹은 후에 죽었다면 조금 높을 수도 있었다. 그렇다고 해도 6배는 너무 심했다.

'마그네슘…….'

잠시 생각에 잠겼다.

마그네슘이 치명적인 독극물로 쓰일 수 있는 경우의 수?

하나하나 짚어간다.

'웃!'

거기서 창하 머리카락이 쭈뼛 솟구쳤다.

'황산마그네슘…….'

마그네슘 앞에 원소 하나를 더하니 그림이 그려졌다. 원래는 동물의 안락사에 쓰이는 약. 그러나 미국에서는 황산마그네슘이 범죄에 쓰이기도 했다. 방성욱의 경험치가 튀어나온 것이다.

틸레타민… 그리고 졸라제팜…….

창하의 머리가 빠르게 돌기 시작했다.

"우 선생님, 독성 분석실에 다시 연락하세요. 틸레타민과 졸라제팜… 두 가지의 분석을 다시 좀 부탁한다고… 응급으로요. 아니, 우 선생님이 옆에 서 있다가 결과 나오면 바로 가져오세요."

창하 목소리가 높아졌다.

"알겠습니다."

창하 지시를 받은 원빈이 밖으로 뛰었다.

졸라제팜…….

독극물이다. 그 물질의 유도체로 불리는 다이아제팜보다 2배나 강한 독성을 가지고 있다. 틸라타민 역시 천사의 가루(Angel dust)로 잘 알려져 있는 환각제 펜사이클리딘의 절반에 달하는 독성. 펜사이클리딘은 정맥주사용 마취제지만 환각작용이 있어 마약 대용으로도 쓰는 물질이었다.

"뭐가 나오는 건가요?"

언니가 물었다. 창하는 어깨를 으쓱하며 즉답을 피했다. 아직은 감이었다. 원하는 물질이 혈액검사에서 증명이 되어야만 운을 뗄 수 있는 것이다. 그 순간 원빈이 돌아왔다.

"나왔습니다. 틸레타민과 졸라제팜, 둘 다 양성반응에 치사량이라고 합니다."

"……!"

창하가 움찔 흔들렸다. 틸레타민과 졸라제팜, 이건 마그네슘처럼 인간의 몸에서 나올 수 있는 물질이 아니었다.

'절묘한 페이크…….'

하마터면 범인의 농간에 넘어갈 뻔했다.

미친 듯이 시신의 정맥염을 체크했다. 열세 개의 상처 중에서 특별히 커 보이는 네 개의 바늘 자국. 그게 10㎜ 주사기의 바늘이라면 창하의 퍼즐이 완성될 수 있었다.

「틸레타민과 졸라제팜에 황산마그네슘」

이 조합이라면 동물 안락사에 쓰이는 약인 것이다.

동물.

동물…….

창하의 손이 생각처럼 빠르게 움직였다. 시신의 레이스에서 나온 두 털을 현미경에 넣었다. 이렇게 보니 큰 동물의 털처럼 보였다. 돼지 아니면 개… 유전자 검사를 의뢰하니 개의 것으로 판명이 되었다. 초대형견인 저먼 셰퍼드…….

"우 선생님."

창하가 원빈을 바라본다. 비장함을 읽은 원빈이 검색에 나섰다. 반주형의 이미지였다. 머리는 처음부터 끝까지 염색이다. 의상도 죄다 긴팔이다. 한여름의 공연까지도 그랬다. 그 이미지들 중에 저먼 셰퍼드가 있었다. 2년 전의 것은 두 마리. 그러나 최근 사진은 한 마리로 줄었다. 그러나 상관없었다. 남은 한 마리의 털이 흰색과 검은색 배합이기 때문이었다.

'반주형…….'

털 다음으로 주사기를 체크한다. 동물 안락사용 약. 그러나 성인을 살해하려면 그 양이 만만치 않으니 1㎜ 주사기로는 어림도 없었다.

—10㎜ 주사기 세 개로 밀어 넣고 페이크용으로 마약 주사.

—그 마약 주사기를 보란 듯이 놓고 떠나는 범인.

—범인은 그 집에 자유롭게 드나들 수 있는 사람.

"팀장님."

창하 목소리가 빨라지기 시작했다.

"예?"

"집 안과 주변 수색 다시 해보세요. 다른 주사기가 있을 겁니다. 병원에서 쓰는 큰 주사기들이요."

"선생님."

"마약이 아니고 동물 안락사 약입니다. 이라은 씨가 동물 안락사 약을 구한 적이 있는지 체크하시고 반주형 씨도 체크해 주세요."

"선생님, 그 말은 지금?"

"주차장 차도 다시 체크하면 어떨까요? 반주형 씨… 그 정도 재력이면 다른 차가 있을 수도 있지요. 혹은 협력자의 차를 탔을 수도 있고."

"지금 반주형 씨가 범인이라는 겁니까?"

"이 털 말입니다. 검사를 해봐야겠지만……."

창하가 눈짓을 하니 원빈이 저먼 셰퍼드를 안고 있는 반주형 사진을 보여주었다. 사진과 함께 창하가 쐐기를 박았다.

"반주형 씨가 기르는 개의 털인 것 같습니다."

"……!"

"게다가 아홉 개의 마약 외에 치명적인 독극물과 마취제가 나왔는데 이 정도 혈중농도라면 자살자가 혼자 주사할 수 없습니다. 과량을 복용하거나 주사하면 환각과 경련발작이 동반되거든요. 그런 상태에서 혼자 아홉 방의 마약 주사를 놓을 수 있겠습니까?"

"어억!"

"서두르세요."

"이거… 상부에 보고부터 해야 하는데……."

"보고요? 수사 책임은 팀장님이 지는 거 아닙니까? 과학적 현장 검증이 필요하면 경찰청 과학수사센터 연결해 드려요? 거기 차채린 팀장이라면 망설이지 않을 텐데요?"

"……."

"아울러 반주형 마약 검사도 다시 하세요."

"하지만 지금 머리를 박박 민 상태라서……."

"머리에만 털 있는 거 아니잖아요?"

"예?"

"다리, 코털, 겨드랑이, 음모, 그것도 안 되면 똥꼬도 살펴보세요. 거기도 털 나는 사람 있는데 다 밀어도 거긴 못 밉니다. 마약 주사기를 보따리로 들고 다니는 인간이 마약을 끊을 리 없어요. 최근에만 소변으로 검출될 만한 마약을 끊고 물 뽕으로 바꿨겠죠. 소변검사에 응한 건 트릭일 겁니다."

"……."

"아직 감 못 잡으시면 사인부터 말씀드리죠. 사망의 원인 동물 안락사용 독극물 주입으로 인한 독극물사, 사망의 종류 타살!"

"동물용 독극물?"

팀장은 혼비백산 부검실을 뛰쳐나갔다.

그리고…….

10분도 되지 않아 창하에게 전화가 들어왔다. 국과수 본원 센터장 석태일이었다.

제11장

—

완전범죄는 없다

—사인이 나왔다고?

그가 물었다. 거두절미, 결과만 묻는 것이다.

빠르다.

누가 알려줬을까? 경찰 쪽일 가능성이 컸다. 원주 본원 센터장 정도면 경찰 간부 몇 명 아는 건 일도 아니었다.

"예."

—뭔가?

그러나 형식적으로 묻는다. 목소리가 그랬다.

"타살입니다."

—원인은?

"독극물입니다."

—이 선생.

듣고 있던 목소리가 중간에서 폭발했다.

"예."

—독극물이라고 했나?

"예."

—보고받기로는 마약이라고 들었는데?

"마약도 나왔습니다."

—그런데 웬 독극물사?

"선행요인이 그렇습니다."

—선행요인? 무슨 독인가?

"동물 안락사용으로 쓰는 틸레타민과 졸라제팜, 그리고 황산마그네슘 같습니다."

—맙소사, 자네가 오버한 거야.

"오버라뇨?"

—몇 년 전에 세상을 떠들썩하게 했던 연예인 사건 몰라? 그때 우리 국과수가 미친 듯이 검사해서 같은 성분을 겨우 밝혀냈는데 법원에서는 무죄 때렸어.

"……."

—혈중농도 체크했나?

"치사량으로 판단되는 농도입니다."

—이 선생.

"예."

—그거 공식 부검 결과 냈나?

"곧 준비할 생각입니다만."

—재고하시게.

"예?"

—황산마그네슘이라면 단숨에 대량투여를 해야 하는 약 아닌가? 현장에서 발견된 1㎜ 주사기로 주입했다고 하면 변호사 태클은 물론이고 재판부에서도 수긍하지 않을 걸세.

"정맥염을 보니 10㎜ 주사기 흔적도 있습니다만."

—그런 주사기가 발견된 것은 아니지 않나?

"발견되지 않았다고 해서 없던 것으로 할 수는 없습니다."

—다른 두 물질도 동물 기준이라 치사량 판단하기가 쉽지 않네. 유능한 변호사 붙으면 무조건 우리가 깨져. 지난번 판결도 피살이 아니라 죽은 사람 그 자신이 주사할 수도 있지 않냐는 취지의 판결이었네.

"다른 증거도 있습니다. 용의자가 저먼 셰퍼드를 기르는데 시신의 옷에서 그 개털도 나왔고요."

—내 말은…….

"죄송하지만 부검 결과서를 내야 해서 이만 끊겠습니다."

—이, 이봐. 이 선생, 이 선…….

딸깍!

전화기를 놓았다.

동물 안락사 약물을 이용한 살인사건?

검색부터 해보았다. 센터장의 말은 거짓이 아니었다. 이번 사건과 다르지만 얼개는 비슷했다. 그러나 그 사건은 창하의 영역이 아니었다. 게다가 이미 오래전에 종결된 일.

'이렇게 되면 용의자 쪽 배경이 조경국급이라는 건데…….'

본원과 경찰서 담당 팀장의 태도로도 알 수 있었다. 그렇다면 강한 조력자가 필요했다. 국과수는 단독 수사권이 없기 때문이다.

"여보세요."

채린에게 전화를 걸었다. 그녀는 경찰청 과학수사센터의 열혈 팀장. 경찰청장도 함부로 대하지 않는 능력이니 창하의 지지자로 맞춤했다.

―어, 이 선생님.

그녀의 목소리가 맑았다.

"죄송하지만 저녁에 시간 좀 될까요?"

창하가 물었다.

―흐음, 설마하니 데이트 신청은 아닐 테고… 혹시 중국 포상 다녀오시면서 기념품이라도 하나 사 온 건가요?

"포상 휴가가 너무 짧아서 기념품은 못 샀고요, 그 벌로 저녁 쏘겠습니다."

―알았어요. 이따 봐요.

그녀의 목소리를 들으며 수화기를 놓았다. 대한민국은 인맥의 사회. 검시관 초기에 개고생을 했지만 그 덕에 얻은 우군들. 이제는 창하를 든든하게 하는 방패들이었다.

후룩후룩!

채린의 선택은 불짬뽕이었다. 창하 역시 '같은 걸로' 보조를 맞춰주었다. 채린은 잘도 먹었다. 그렇잖아도 속 썩이던 외노자 마약 사건이 끝나가 출출하던 참이라고 했다.

"자, 이제 본안을 들어볼까요? 국대 검시관님."

냅킨으로 입을 닦은 채린이 고개를 들었다.

"어, 눈치 차렸어요?"

창하가 물었다.

"당연하죠. 선생님이 설마 저랑 데이트하잘 리는 없고……."

"데이트할 수도 있죠."

"그 말 녹음해서 국과수에 뿌려도 돼요?"

"뭐 그렇게까지는……."

"그러니까 빨리 이실직고하세요."

"실은 오늘 부검 때문에요."

"또 조작 냄새 나요?"

"조금은 그렇습니다."

"그럼 말씀하세요. 감히 국가 대표 검시관님 부검에 조작질 들이대는 것들은 제가 용서 못 하죠."

"한 여자가 마약 자살을 했어요. 그런데 이 여자가 인기 가

수 반주형을 좇아다니던 팬덤이었다네요. 생일날 반주형이 온다고 믿고 기다리다 오지 않으니 실망감에 마약 주사기를 무려 아홉 개나 꽂아서 자살을 했다는 건데……."

"……."

"제가 볼 때는 마약 이전에 동물 안락사 약품이 선행사인입니다. 그걸로 마취를 시킨 후에 치사량의 황산마그네슘을 주입하고 죽기 직전, 마약 자살로 꾸미기 위해 마약 주사기를 꽂아댄 거죠."

"페이크로군요."

"그런 거 같습니다. 경찰 얘기 들으니 알리바이부터 마약 검사에 응해서 Negative 나온 것까지 아귀가 너무 맞아떨어집니다."

"다른 거 살짝 미루고 물 뽕 먹다가 온 모양이군요. 그건 하루만 지나면 증명할 수 없으니까."

"문제는 우리 본원도 몸 사리는 데다 담당 경찰서에서도 자살 쪽으로 판단한 분위기라는 거예요."

"반면 우리 이창하 선생님은 타살?"

"제 판단은 그렇습니다."

"콜!"

"예?"

"선생님 콜받습니다. 제가 청장님 졸라서 눌러 드리죠. 일체의 의혹도 없이 조사하고 보고하라, 기왕이면 과학수사대 수사 협력도 받아라, 이 시나리오가 좋겠군요.”

“금상첨화죠.”

“흐음, 이래서 우리 청장님이 오래 계셔야 하는데…….”

“사표 수리되었습니까?”

“거의 그런 분위기예요. 청와대가 강력하게 반려해야 하는데 그쪽은 또 챙겨야 할 사람이 많으니 나가주면 고맙겠죠.”

“그렇군요.”

“경찰에 들어와 보니 둘 중 하나 같아요. 정치에 선을 대든지, 승진 포기하고 대충 살든지.”

“병원도 그래요. 병원 경영진이나 실세에게 선이 닿지 않으면 찬밥 대접 받다가 밀려나거든요.”

“그러게요. 이놈의 헬조선은 언제 열심히 일하는 사람들 중심으로 돌아가려는지…….”

“10년만 빡세게 구르고 독립하신다면서요?”

“그러는 선생님은요.”

“음… 저는 지금 열심히 작업 중이거든요.”

“정말요?”

“그럼요. 팀장님 만나는 것도 작업 아닙니까? 나중에 스카우트하려면 미리 능력자들 인맥 관리해야 하니까.”

“칫, 그런 줄 알았으면 비싼 걸로 먹을걸 그랬어요.”

“아무튼 부탁합니다.”

“걱정 마세요. 요건, 제가 직접 보강 수사 들어가면서 보고

드리겠습니다."

채린이 일어섰다. 정말이지 황소도 단칼에 잡을 여걸이었다.

그녀의 참전으로 수사 분위기가 제대로 흘러갔다.

마약 자살로 단정하던 일선 경찰의 태도가 변했다. 독극물 살인에 포인트를 맞추니 베일이 하나하나 벗겨졌다.

채린의 수사 지원은 미국부터였다. 반주형과 이라은의 관계부터 파악했다. 반주형의 진술은 거짓이었다. 둘은 미국에서 완전한 연인 관계였다. 증인도 여럿이었다.

그게 소원해진 게 반주형의 연예인 데뷔였다. 이때부터 반주형은 이라은을 거추장스럽게 생각했다. 창하의 판단대로 마약 때문이었다. 미국에서 이라은에게 마약을 가르쳤던 반주형. 연예인이 되고 나니 이라은이 부담스러워졌다. 그런 속을 모르는 이라은, 한국으로 돌아온 후에 소속사에 도시락이나 쿠키를 구워 오기도 했다.

설상가상 어느 날, 죽고 못 산다는 미녀 팬과 호텔에 들어갔다가 이라은에게 걸렸다.

"네가 어떻게?"

이라은의 한마디였다.

'정리해야겠네.'

결단을 내린 반주형, 이라은에게 미국으로 돌아갈 것을 권했다. 하지만 돌아온 답은…….

"결혼해."

…였다.

그건 미국에서 한 약속이었다. 그러나 반주형의 입지는 미국과 달랐고 여기는 대한민국이었다.

그녀의 입에서 마약이라는 단어가 나올까 봐 노심초사하던 반주형. 매니저와 상의했더니 이독제독의 제안이 나왔다.

마약중독사로 몰고 가라.

미국에서 온 여자, 게다가 전에도 더러 마약을 했으니 의심할 사람도 없다.

매니저의 제안을 덥석 물었다. 치밀한 계획을 세웠다. 마약을 끊은 그녀에게 이따금 마약을 권했다. 그녀가 거부하면 보약의 이름을 팔았다. 그렇게 세팅하면서 그녀의 생일을 거사디데이로 잡은 것이다.

채린의 집중력은 하이에나의 이빨보다 강했다. 주차장의 차에서 잤다는 반주형. 그 차에 대한 미련을 버리고 동 시간대에 그 주차장에 오갔던 차와, 이라은의 원룸 주차장과 인근에 선 차량을 전부 털어버린 것. 완전범죄를 노린다면 CCTV 카메라를 피해 다른 차를 이용할 수도 있기 때문이었다. 다소 무모할 것 같지만 직진. 그건 역시 창하에 대한 신뢰감 덕분이었다.

그 집념이 빛을 발한 건 반주형의 주차장과 이라은의 원룸 중간 지점이었다. 주차장을 나간 차 중 하나가 이라은의 원룸 근처에서 멈췄다가 돌아오던 길. 한강진 도로변에 잠시 멈춘 차에서 사람이 내렸다. 그 장면이 과속 단속카메라에 찍혔다. 그러나 너무 멀어 반주형으로 특정하기 곤란했다.

하지만 하늘은 스스로 돕는 사람을 돕는 법. 그 시간에 지나간 좌석 버스가 있었다. 그 카메라가 은인이었다. 반주형이 도로변의 빗물받이 안으로 뭔가를 버리는 게 찍힌 것.

채린이 당장 팀원을 보냈다. 빗물받이를 들어내니 보이는 게 없었다. 그사이에 내린 빗물을 따라 안으로 흘러들어간 것. 연결되는 하수관을 찾아가며 뒤져대니 마침내 주사기가 나왔다. 창하가 말하던 10㎜짜리 다섯 개였다. 둘은 미사용, 셋은 사용.

주사기에서 이라은의 DNA가 나오고 반주형의 지문이 나왔다.

—선생님.

채린의 전화가 창하에게 들어왔다.

—주사기 찾았습니다. 긴급구속 들어갑니다.

"빙고!"

그녀의 목소리가 왜 그리 반가웠을까? 사인을 정리하던 창하, 자신도 모르게 주먹을 불끈 쥐며 환호를 했다.

"와후!"

"왜요? 좋은 일 있습니까?"

사진 정리를 돕던 원빈이 물었다.

"이라은 건 말입니다. 진범 찾았답니다."

"예? 진짜요?"

원빈도 좋아한다.

그러나!

반주형은 체포되는 순간부터 대법관을 지낸 최고의 변호인을 선임하며 범행 일체를 부인했다. 마약 검사 역시 지난번의 불검출을 이유로 다시 응하지 않았다. 여전히 그는 주차장 차 안에서 잤다는 것. 증거로 주차장 CCTV에 보란 듯이 찍힌 사진을 내밀었다. 하지만 채린은 그에 대한 반론을 준비하고 있었다.

그 CCTV의 반주형 자동차.

30분쯤 지나자 운전석 문이 살짝 열리는 게 보였다. 카메라 각도는 조수석이지만 확대 영상으로 끊어보니 확인이 가능했다. 반주형이 내린 것이다.

"말도 안 돼. 그건 내가 자다가 갑갑해서 잠깐 열었다 닫은 겁니다."

"그럼 이건요?"

채린이 10㎜ 주사기를 내민다.

"얼마 전에 촬영 끝난 드라마 소품입니다. 의사 역할이라

주사 놓는 연습하느라 몇 개 가지고 있었는데 사라지고 없더라고요."

오리발은 제대로였다. 그가 주연을 맡은 의학 드라마가 있었던 건 사실이었다.

"또 있습니다. 당신이 작년 말 수의사 하는 여자 팬에게 구입한 개 안락사 약품."

채린이 약병을 내밀었다. 동물 마취제와 황산마그네슘 병이었다.

저먼 셰퍼드.

성견이 되면 몸무게가 약 40kg에 달한다. 죽은 이라은보다 조금 가볍다. 그런 동물을 안락사 시킬 수 있는 양이라면 사람의 목숨도 앗아갈 수 있다. 창하의 의심은 그만큼 합리적이었다.

"그건 슈타에게 사용했어요."

"슈타? 개 이름인가요?"

"예. 그래서 묻었다고요."

"어디에요?"

"그건 왜?"

"그 개를 부검해 보죠."

"……?"

채린의 승부수 앞에 반주형은 상대가 되지 못했다. 득달같은 공세는 창하의 제안이었다. 두 마리의 저먼 셰퍼드를 기르던 반주형. 그중 한 마리가 죽었다. 채린이 체크하니 사람처럼 고이 묻어주었다. 그 무덤 사진은 그의 인스타에도 있었다.

창하의 판단은 이랬다.

반주형.

자신에게 눈먼 여자 수의사 팬에게 개 안락사용 약을 부탁했다. 저먼 셰퍼드가 아팠을 수도 있고 그걸 핑계로 미리 살인 준비를 한 것일 수도 있었다. 수의사는 이미 경찰의 조사를 받았다. 그녀가 내준 건 저먼 셰퍼드 한 마리의 안락사 분량.

그 약은 이라은에게 주사되었다. 그렇다면 반주형은 죽은 저먼 셰퍼드에게 약을 쓰지 않았다는 것. 그건 개를 부검해 검사하면 알 일이었다.

"으윽!"

거기서 반주형이 무너졌다. 아끼던 개라 화장해 버리지 못한 게 천추의 한이었다. 그 반응을 본 변호사도 입을 닫았다. 움직일 수 없는 증거가 나온다면야 대법관의 전관예우 따위도 통할 리가 없었다.

초상류층의 아들에 연예인이란 신분 때문에 또 하나의 광풍을 만들고 있는 마약 자살.

마침내 초유의 개 부검에 도달하게 되었다.

부검의는 당연히 이창하.

채린과 경찰이 수습해 온 저먼 셰퍼드의 사체 앞에서 창하의 메스가 움직이기 시작했다.

*　　　*　　　*

"……!"

비닐을 벗긴 창하의 시선이 휘둥그레졌다. 저먼 셰퍼드 성견. 거의 작은 사람만 한 크기였다. 놀라운 건 보존 상태였다. 얼마 전에 죽은 듯 상태가 좋았다.

반주형 덕분이었다. 이 개가 죽은 당시 그는 팬들에게 개의 죽음을 알렸다. 인기 관리 차원이다. 팬들이 개 장례식에 참가를 했다. 그러다 보니 기막힌 예우로 장례를 치렀던 것. 이 예우가 바로 김치냉장고 딤채의 원리였다. 땅을 직사각형으로 파고 묻었다.

보통 시신을 묻고 나뭇잎으로 덮으면 한 달 만에 백골이 되어버린다. 낮은 야산이라면 뼈도 추리기 어렵다. 하지만 반주형은 개가 묻힐 땅을 아주 좁은 직사각형으로 팠다. 바닥이 차가울까 비닐도 두 겹 깔았다. 그런 다음에 흙을 덮었다. 저온의 깊은 땅속, 좁은 직사각형의 조건이 갖춰지면 부패가 느려진다. 덕분에 사체가 거의 원형으로 보존이 되었으니 팬들을 위한 과시가 완전범죄의 발목을 잡은 것이다.

이 개의 털은 이라은의 레이스에서 나온 것과 조금 달랐다. 연령을 확인하니 현재 기르는 개의 어미로 보였다.

복부를 열고 들어가 사인을 찾아냈다.

'개사상충…….'

그중에서도 심장사상충이었다. 여기서 말하는 사상은 실을 뜻하는 '사' 자다. 이 기생충은 두 종류가 있는데 하나는 심장을 범하고 또 하나는 피부를 침범한다. 모기를 통해 감염되며 증상은 기침이다. 호흡도 힘들어진다.

개는 이 과정을 넘겼다. 그건 색전증으로 확인할 수 있었다. 반주형의 열렬한 보살핌으로 위기를 넘겼겠지만 다음 위기가 찾아왔다. 약으로 치료가 된 벌레들이 죽어나가면서 그 사체 더미들이 혈관을 막아버린 것이다. 그로 인해 급사를 했다.

검체 샘플을 모아 독성물질 분석을 보냈다. 창하가 원하는 건 틸레타민과 졸라제팜 등의 유무.

「불검출」

결과가 나왔다. 창하의 예상처럼 반주형은 개에게 약을 쓰지 않았다. 개 안락사를 핑계로 받아 온 약물. 그걸 꿍쳐두었다가 이라은에게 사용한 것이다.

궁지에 몰린 그가 마약 검사에 응하게 되었다. 머리를 밀었으니 다른 털을 찾았다. 그의 제모는 퍼펙트했다. 다리에도 겨드랑이에도 없었다. 음부에서 배꼽까지 연결되던 털도 산뜻하게 밀었다.

똥꼬!

창하가 마지막 힌트를 주었다. 음낭에서 항문으로 이어지는 회음부 봉선. 거기에 털이 있었던 것. 음모조차 밀어버린 그였지만 거기까지는 손을 대지 못한 것이다.

「마약 검사 양성」

최종 결과가 나오자 조사실의 반주형은 발악을 했다. 하지만 그것으로 게임은 오버였다.

1) 이라은 사망 당시에 입고 있던 드레스 레이스에서 나온 반주형의 애견 털 두 종류.

2) 10㎜ 마약 주사기에서 나온 지문과 DNA.

3) 수의사 광팬에게 구한 동물 안락사 약물의 사용처 증명 부재.

4) 사건 당시 주차장의 차에서 나온 정황.

5) 마약 복용 혐의.

창하가 들이댄 부검의 칼날은 오롯이 그의 옥죄고 있었던 것.

"마약 복용을 까발리겠다고 나를 협박했어요."

결국 범행 일체의 자백이 나왔다.

사건의 시작은 두 달 전이었다. 이라은이 다가오는 그녀 생일에 단둘만의 파티를 제안한 것. 이라은으로서는 멀어지는 반주형을 잡기 위한 반전의 기회로 삼을 생각이었다.

"바빠."

단칼에 자르자 그녀의 애원이 나왔다.

"한 시간만이라도 좋아."
"안 돼. 스케줄 있어."
"왜 그래? 전에는 뭐든지 미루고 오더니 한 시간도 안 돼? 내 생일인데?"
"바쁘다잖아?"
"자꾸 이러면 자기 과거 폭로할 거야. 난 지금의 자기보다 우리 둘이 있던 때가 더 좋아."

이라은의 협박은 협박이 아니라 애원이었다. 하지만 반주형에게는 살인을 결심하는 계기로 작용하고 말았다.
그즈음 개 한 마리가 좋지 않았다.

"사상충 치료는 됐는데 예후가 좋지 않네요. 늙어서 그런 것도 있고… 오래 못 가겠어요."

단골 동물 병원 수의사의 진단이었다.

수의사는 광팬 중에도 있었다. 자신에게 눈이 먼 그녀에게 안락사 약물을 부탁했다. 팬들이 알면 슬퍼할 수 있으니 비밀을 지켜달라고 했다. 진료받던 수의사에게 안락사 약을 받아 가면 기록에 남는다. 그렇기에 불법으로 약을 확보했던 것.

"어쩜 마음 씀씀이도……."

반주형에게 눈이 먼 수의사 팬은 기꺼이 제안을 받았다.

개는 며칠 지나지 않아 죽고 말았다. 안락사 약이 고스란히 남았다.

그걸 가지고 이라은의 원룸으로 갔다. 차는 작정하고 CCTV 각도 앞에 세워두었다. 카메라 각도는 조수석 쪽이었다. 조수석 쪽으로 돌아가 운전석에 앉았다. 그런 다음, 큰 차가 들어올 때 문을 열고 내렸다. 허리를 숙이면 보이지 않는 각도. 그렇게 사각으로 들어가 매니저가 준비한 차에 올랐다.

덕분에 이라은과의 약속 시간에 조금 늦었다. 상관없었다. 이라은은 반주형이 온 것만으로도 환호를 했다. 미친 듯이 뛰어나와 안길 정도였다.

"아유, 우리 라은이 얼굴이 반쪽이네. 오늘 술 좀 달리고 싶은데 이 몸으로 되겠어?"

연예인들이 특별하게 맞는 피로회복제라며 주사기를 꺼냈다. 반주형에게 목을 매는 그녀였기에 의심도 거부도 없이 팔을 맡겼다. 틸레타민과 졸라제팜이 들어간 약이 먼저였고 다음이 황산마그네슘. 10㎖ 주사기로 세 방이었다.

첫 주사기는 정맥 주입 실패. 바늘을 빼고 다른 자리에 찔렀다. 그래서 큰 바늘 자국이 넷이었던 것.

그녀가 얌전해질 때까지 옆구리를 낀 채 안고 있었다. 그때 이라은이 깊이 파고들면서 개털이 묻어난 것이다. 마취되는 동안 그녀가 한 말은 단 한마디였다.

"빨리 러브 샷 하고 싶어."

"조금만 기다려. 약이 네 간과 위에 실드를 쳐줄 때까지."

반주형의 미소는 무뚝뚝하면서도 음산했다. 그걸 깨달을 사이도 없이 이라은은 늘어졌다. 그 몸을 안아 들고 욕실로 갔다. 변기 위에 앉히고 팔뚝을 묶었다.

이제는 일사천리였다. 미리 준비한 마약 주사기를 거침없이 꽂았다. 세 번은 잘못 찔렀다. 정맥주사라는 게 그렇게 만만한 게 아니었다. 노련한 간호사들도 더러 실수를 하는 이유였다. 10㎖짜리는 챙기고 1㎖ 아홉 개는 깨끗하게 닦은 후에 이라은 옆에 뿌려두었다. 그런 다음 지하상가로 통하는 작은 통로로 나와 매니저의 차에 올랐다.

돌아가는 도중 으슥한 도로변의 빗물받이 안에 10㎜ 주사기를 버림으로써 범행이 끝났다. 하지만 그건 범행의 끝이 아니라 그 자신의 인생과 아버지의 인생까지 끝내 버리는 서막이 된 것이다.

경찰은 매니저를 구속하고 그가 보관하고 있던 마약을 압수했다. 국내로 돌아온 반주형에게 마약을 대준 건 그 매니저였다. 경찰에서 나온 그의 진술이 흥미로웠다.

"안전장치였습니다."

안전장치.

인기 가수에 대한 족쇄용이었다는 뜻.

그 건넛방에서 조사를 받던 반주형은 마지막 진술 다음에 이 사건을 파헤친 부검의의 이름을 물었다.

"알아서 뭐 하게?"

팀장이 묻자 그가 핏대를 올렸다.

"씨발, 그렇게 잘난 새끼가 왜 시체 만지는 검시관 같은 걸 하고 있냐고."

팀장은 그 말을 창하에게 전하지 못했다. 창하의 말을 들은 차채린. 경찰청 감찰 팀에 제보해 수사 팀을 조사토록 했다. 과장과 팀장이 반재규를 만난 정황이 드러났다. 향응에 이어 봉투도 챙겼다. 두 사람이 받은 돈은 각각 3천만 원과 천만

원. 명목은 수사 추진비였다지만 뇌물이었다. 둘은 수사가 종결되기도 전에 직위해제에 이어 중징계를 먹었다.

"그러다 팀장님도 잘리는 거 아니에요?"

수사 결과를 알려주러 온 채린에게 창하가 말했다.

"선생님은요?"

"으음… 저도 좀 그렇죠?"

"이래서 우리는 빨리 독립 준비를 해야 하나 봅니다."

"격하게 공감합니다."

"저한테 한 번 빚진 거예요?"

"그런 셈이네요. 어떻게 갚아드릴까요?"

"당장 갚아주세요."

"당장요?"

창하가 고개를 들었다.

"저 진담이에요."

"제가 할 줄 아는 건 부검밖에 없는데?"

"그거면 돼요. 제가 설마하니 선생님에게 달을 따달라고 하겠어요, 별을 따달라고 하겠어요?"

"뭔데요?"

"퇴근 안 하실 건가요?"

"해야죠. 벌써 시간이 이렇게 되었네요."

"그럼 저랑 같이 좀 가요. 저를 괴롭히는 분이 있는데 선생님이 한 번만 만나주면 될 것 같아요."

"그러죠. 잠깐만 기다리세요. 금방 나가겠습니다."

"예."

대답과 함께 채린이 나갔다. 손을 씻고 옷을 갈아입으려 할 때였다. 본원에서 전화가 왔다. 센터장이었다.

—이 선생.

"예."

—결국 고집대로 가셨군.

"예……."

—경찰 쪽 자료 보니 다행히 지난번의 경우와는 조금 다른 양상이더군.

"……."

—하지만 마음 놓지 마시게. 대법관 출신 변호사라면 그냥 주저앉지는 않을 거야. 동물 안락사 약물의 희귀한 경우를 들이대며 궤변을 펼칠 가능성이 높아.

"예……."

—선배로서 조언하자면 ㎏당 사망에 이르는 수치를 잘 정리하고 시신의 소변량을 기준으로 사망 시각 역산, 기타 다이아제팜과 펜사이클리딘의 독성, 사망 사례, 그 약물의 기전과 마약의 상호작용 등에 대한 자료도 경찰 측에 제공하셔야 할 걸세. 그래야 법원 공방까지 무난하게 수습이 될 거야.

"이미 준비해 두었습니다."

창하가 답했다. 센터장이 말한 그 부검 건의 최종 판결문까지 정독한 후였다. 당시 변호인단은 부검의보다 더 상세한 자료를 들이대며 타살이 아니라 사고사를 주장했다.

쟁점은 동물 안락사 약품이었다. 동물 약품이다 보니 인체 사망 사례가 드물다. 사례가 드물면 양자의 주장이 맞설 수밖에 없다. 그렇기에 그 자료보다 더 디테일한 미국의 실험 자료를 찾아놓은 창하였다.

—그렇군. 역시 이 선생에게 배정하길 잘했어.

센터장의 목소리는 처음과 다르게 들렸다.

"……."

—우리가 호되게 당한 기억이 있어 노파심에 의견 개진이 강했던 거니 불쾌해 마시게나. 다행히 저먼 셰퍼드가 대형견이어서 그렇지 소형견이었다면 치사량 입증의 논란부터 살인의 고의성까지 논쟁이 되면서 범인이 빠져나갈 가능성이 높았던 일이라네.

"아닙니다. 덕분에 저도 처음부터 제대로 대응할 수 있었습니다."

일단 인사치레를 했다.

—수고 많으셨네.

센터장이 전화를 끊었다. 처음과는 완벽하게 반전된 분위기. 송대방 교수처럼 조작을 지시하거나 강요한 건 아니었지만 딱히 개운하지도 않았다.

지나친 관심은 애정일까, 독일까?

복도로 나오다 권우재를 만났다. 오늘은 그가 당직 부검의. 그새 들어온 부검이 있는지 부검복을 입고 달려가고 있었다.

"권 선생님."

창하가 그를 불렀다.

"어, 이 선생, 퇴근?"

"네. 당직이세요?"

"그래. 오늘 밤 일복 터지는 거 같아. 벌써 두 건 예약인데?"

"힘들면 언제든 콜하세요? 바로 달려오겠습니다."

"강철 미녀가 기다리는 거 같던데 내 걱정 말고 가시게나."

권우재가 창하의 등을 밀었다.

강철 미녀 차채린.

그녀가 소개한 사람은 보험회사 이사였다.

"뵙게 되어 영광입니다."

깍듯이 인사를 한 그가 봉투 하나를 꺼내놓았다.

"뭐죠?"

창하가 물었다.

"우리 보험회사 교토 지사에 들어온 보험금 청구 건입니다. 이 건이 좀 수상한 기미가 있어서 말이죠."

"교토라면 일본 말입니까?"

"예."

"어떤 일이죠?"

"일본의 대목장 한 사람이 우리 교토 지사에 보험을 들었습니다. 이게 굉장히 거액이라 사망 시에 180억을 지급하게 되어 있습니다만……."

"180억이오?"

창하가 소스라쳤다. 몇억도 아니고 180억이라니?

"우리나라도 그렇지만 일본 역시 대목장이 굉장한 기술자 아닙니까? 옛날에 숭례문을 재건할 때 대목장은 정5품의 대우였고 현재도 무형문화재로 대우하고 있죠. 일본 역시 대목장은 굉장한 기술자라 연 수입도 굉장하기는 한데 그래도 180억 보험 가입은 좀 센 편이죠."

"……."

"이 사람이 교토의 절을 재건하는 공사를 맡아 지붕에서 추락해 숨졌는데… 재무 상태를 보니 몇 해 전에 수입한 황송과 편백나무가 질이 좋지 않아 거액의 손해를 봐서 집안이 몰락해 버렸더군요. 게다가 하나밖에 없는 아들이 희귀 난치병이라 치료비도 많이 필요한 편이고……."

"……."

"의심스러운 구석이라 교토 지사에서 보험금 지급을 거절했는데 그 유족들이 소송을 걸었습니다. 보험금이 거액이다 보니 제가 책임을 지고 지휘했습니다만 패소하고 말았죠."

"……."

"회사에서 항소를 할 거냐, 말 거냐를 놓고 격론을 벌였는데 신사업 진출로 공을 들이는 일본인 데다 대목장이라는 직업상의 특수성도 있어 지급하자는 의견이 우세해 항소를 포기할 것 같습니다. 하지만 제가 보기에는 아무래도 찜찜한 구석이 있어 선생님 자문을 좀 받고 싶어서 차 팀장을 졸랐습니다. 사적으로는 제 외조카가 되거든요."

"그럼 이 안에 든 게?"

창하가 봉투를 바라보았다.

"일본의 검시 보고서 사본입니다."

이사가 봉투를 열었다. 안에 있던 사본이 창하 앞에 펼쳐졌다.

180억짜리 초대형 보험 건.

일본의 검시 보고서의 사인란에 반짝거리는 사인은…….

「추락사」

추락사.

또렷한 글자가 창하 눈을 파고 들어왔다.

창하가 검시 보고서를 집어 들었다. 창하의 눈자위가 파르르 떨었다. 그걸 본 이사는 숨조차 제대로 쉬지 못했다.

제12장

—

22구경의 사이코패스

추락사는 보통 투신자살과 사고 추락, 피살된 후에 자살로 위장하기 위해 던져진 경우로 나눠 생각한다. 먼저 배경부터 보았다. 추락했을 때 사망이 가능한지의 여부를 위한 것이었다.

교토라면 청수사가 유명하다. 창하도 가본 적이 있었다. 그 절의 지붕은 굉장히 높다. 그 정도 위치에서 추락한다면 사망할 가능성이 높다.

대목장의 추락도 그랬다. 새로이 중건하는 절이라 본당이 거대했다. 지붕 높이만 따져도 청수사에 뒤지지 않았다. 추락 당시 지붕은 골조가 올라간 상태였다. 맨살의 원목들은 느낌이 좋았다. 대목장이니 그 위에 올라가 공정을 살피고 부속 건물들을 돌아보던 중이라고 했다. 목수들이 쉬는 시간이라 지붕 위에는 그 혼자뿐이었다.

대목장.

목수의 왕이다. 그런 사람이 지붕에서 추락하다니? 이 또한 원숭이가 나무에서 떨어진 꼴이었다.

다음으로 검시 보고서의 내용을 읽기 시작했다.

다발성 늑골 골절.

경추 골절.

요추 골절.

골발 골절.

두 다리의 대퇴골 골절…….

멀티 골절이다. 추락 중에 일어날 수 있는 모든 경우가 나타난 것이다. 추락 직후의 사진을 보았다. 시신은 하늘을 보며 쓰러져 있었다.

"이사님은 뭐가 의심스러웠나요?"

조심스레 생각을 물었다.

"늑골 말입니다. 제가 아는 의사들에게 물었더니 사진과 늑골 골절을 고려하면 살인도 의심이 된다고 하더군요."

"살인요?"

"예."

살인.

가능성이 없지도 않았다. 추락사의 세 가지 요인 중의 하나기 때문이었다. 게다가 다발성 늑골 골절이 현저하니 생각해 볼 수 있는 일이었다.

"일본 경찰에서도 그런 말이 나왔나요?"

"일본 경찰은 살인과는 무관하다고 보고 있습니다. 당시 작업 현장에 있던 목수들이 12명이었는데 모두 기와 더미 옆에서 새참을 먹고 있었거든요."

"확인도 된 일이고요?"

"그 근처의 CCTV를 돌려봤답니다. 영상은 저도 봤습니다."

"제3자에 의한 가능성은요?"

"당시 뼈대만 올라간 상태라서 일반인은 올라가기 어려운 구조였답니다. 대목장이 사람이 좋아 원한을 산 일도 없고요."

"그렇군요."

"선생님 생각은 어떻습니까?"

"검시 보고서 말고 부검 사진 같은 것은 없습니까?"

"없습니다. 검시를 맡은 의사 선에서 종결되는 바람에……."

"아쉽군요."

"그래도 X-ray는 찍었던 모양입니다."

"시신은요?"

"화장했다고 들었습니다."

"그럼 그 X-ray, 혹시 가지고 계신가요?"

"예."

이사가 핸드폰에서 화면을 불러냈다.

"……!"

사진을 보던 창하가 미간을 찡그렸다. 시신의 뼈는 지진이라도 일어난 듯 엉망이었다. 갈라지고 부서지고, 깨지고… 한마디로 처참한 수준이었다.

창하의 시선은 다리의 대퇴골을 더듬고 있었다. 대퇴골은 넓적다리를 말한다. 대전자와 대퇴골두 중간이 망치로 후려친 듯 깨져 있었다. 이런 손상은 오직 한 가지. 두 다리로 하중을 고스란히 받았을 때 일어난다.

추락!

보통 어떻게 떨어지는 걸까? 일반적으로는 몸이 먼저 떨어지고 다리가 나중에 지면에 닿는다. 그러나 사고나 자살은 통계만으로 설명하기 어렵다. 바람이나 추락 지점의 간섭물, 혹은 어떻게 중심을 잃었느냐에 따라 다른 각도가 나올 수 있었다. 드물게는 추락 중에 공중에서 몸이 돌다 두 다리가 수직으로 지면에 충돌할 가능성도 있는 것이다. 체조선수처럼.

'으음…….'

창하 머릿속에 그림이 그려진다. 높은 곳에서 추락하는 대목장. 대체 어떻게 추락해야 이렇게 많은 골절이 일어날 수 있는 걸까? 창하는 후식으로 나온 배를 잘라 이쑤시개에 끼웠다. 대략 사람 몸처럼 만든 후에 추락을 재연해 본다.

다리, 골반, 늑골, 경추…….

가장 간단한 방법은 몇 번을 떨어지는 것이다. 다음은 추락하면서 여기저기 부딪치는 것. 그러나 대목장의 추락은 단 한 번이었고 중간에 충돌한 적도 없었다. 단 한 번으로 이런 다발성골절이 일어나는 방법은?

"……!"

결론이 창하 머리에 들어왔다.

"어떻습니까?"

이사의 질문은 여전히 신중했다.

"이사님은 항소를 하고 싶은 거죠?"

"솔직히 그렇습니다. 저도 감이 있거든요."

"감은 우리 차 팀장님도 기막힌데……."

"외가 쪽이니 절반은 같은 핏줄 아니겠습니까?"

이사가 엷은 웃음을 지었다.

"그럼 항소하세요."

창하의 결론이 입 밖으로 나왔다.

"예?"

"감을 믿고 항소하시라고요."

"추락사가 아니라는 겁니까?"

"제가 볼 때는 투신자살입니다."

"예?"

이사의 눈빛이 미친 듯이 튀었다.

"잠깐만 기다리세요."

창하가 일어섰다. 그길로 주방에 가서 도구를 빌려 왔다. 배 하나와 나무젓가락이었다.

"선생님……."

채린 역시 궁금해 못 견디겠다는 표정.

"다 되어갑니다."

창하가 만든 건 제대로 된 사람모형이었다. 팔다리까지 붙이니 아까보다 제대로였다.

"일단 상황부터 볼까요?"

모형 제작을 끝낸 창하가 검시 보고서를 들었다.

"여기 보시면 시신의 상황이 드러나 있습니다. 딸린 것은 사진과 X-ray뿐이니 항소의 증거물 역시 이것입니다. 시신을 화장했으니 이 안에서 증명이 되지 않으면 패소하는 거죠."

"맞습니다."

"보세요. 대목장은 높은 절의 지붕에 있습니다. 지붕 위와 추락하는 지점에 아무것도 없고요."

"……."

"만약 실수로 추락하다면 어떤 경우일까요?"

"다리를 헛디뎌 중심을 잃거나, 아니면 뭔가에 미끄러지는 경우겠지요."

"맞습니다. 중심을 잃는다면 대개 몸이 먼저 지면에 닿게 됩니다. 미끄러지는 경우라고 해도 마찬가지입니다. 그런 경우에는 등이나 머리에 상처가 나와야 합니다."

"……."

"그런데 이 경우에는 이렇게 추락한 겁니다."

창하가 모형의 추락 과정을 보여주었다. 선 채로 그대로, 두 다리부터 하강하는 그림이었다.

"꼿꼿이 서서요?"

"그렇습니다. 왜냐하면 여기 보고서와 X-ray에 나온 다리의 대퇴골 경부 골절이 그 증거입니다. 그런 골절이 나오려면 반드시 이런 자세로 추락해야 합니다."

"선 채로 미끄러졌다?"

"사실 선 채로는 미끄러질 수 없습니다. 미끄러진다는 사실 자체가 이미 균형을 잃었다는 거니까요."

"……?"

"대목장은 선 채로 뛰어내린 겁니다. 두 발이 지면에 닿는 순간 엄청난 하중으로 인한 충격이 대퇴골로 전달되고 그 결과 대퇴골이 나갑니다. 그 충격이 골반과 경추로 고스란히 이어지니 연쇄 골절을 피하지 못합니다. 대퇴골을 중심으로 위로 갈수록 골절 소견이 약해지는 게 증거입니다."

"그럼 늑골의 골절은요?"

"연속 동작의 결과입니다. 충격으로 주저앉는 순간 작용과 반작용으로 무릎이 가슴과 충돌합니다. 이렇게……."

창하가 모형을 구부려 상황을 재현해 보였다.

"늑골은 거기서 부러진 겁니다."

"……"

"이후, 그대로 쓰러지니 누운 자세로 사망합니다."

"아!"

이사의 입이 쩌억 벌어졌다. 간단하지만 실감나는 팩트였다. 너무나 명쾌하니 의구심조차 들지 않는 것이다.

"대단하네요."

"제 소견으로는 사고사가 아니고 자살입니다."

창하가 사인을 밝혔다.

"그런데 일본의 검시의는 왜 사고사로 보았을까요? 한국과 일본의 검시 판정법이 다른 겁니까?"

이사, 중요한 질문을 해왔다. 일본의 검시 판정법은 사안에 따라 약간의 차이가 있었으니 관동 지방과 관서의 검시 판정이 그랬다.

"이 경우에는 아니고요 검시의가 추락사를 검시한 경험이 적어서 그런 것 같습니다. 자의로 뛰어내렸건 미끄러졌건 추락이라는 팩트는 같고, 대목장이 현장 점검 중이었으니 자살이라는 생각은 꿈에도 하지 못했을 테니까요."

"그럼 완전 항소 각이로군요?"

이사의 목소리가 밝아졌다.

"그러세요. 추락 사례는 제가 찾아드릴 테니 그걸로 항소 자료 만드시고 법정에서 최초 검시의의 추락사 검시 경력에 대해 물어보세요. 제 생각에는 처음일 가능성이 높습니다. 그게 증명되면 재판부의 시각도 달라질 겁니다."

"어이쿠, 이게 잘되면 무려 180억을 아끼는 일입니다. 승소하면 제가 단단히 한턱을 내죠. 시간 내주셔서 정말 고맙습니다."

이사는 몇 번이고 인사를 해왔다.

"선생님."

이사가 떠나자 채린의 눈빛이 샤방샤방으로 변했다.

"뭐예요? 그런 눈빛……."

"완전 존경스럽잖아요."

"존경까지는……."

"아뇨. 그 자료들 저희 팀도 한 번 봤거든요. 그런데 손상이 너무 처참하니 자살은 차마 상상도 못 했습니다."

"나중에 승소하면 밥이나 한 번 더 쏘세요."

"얼마든지요."

채린이 웃었다. 부검의 존재감을 과시한 창하도 기분이 좋았다. 부검은 비단 타살 규명에서만 빛나는 게 아니었다. 오늘처럼 왜곡된 주검의 진상을 밝히는 데도 유용한 것. 나아가 가계의 유전병과 질병통계에도 일조를 한다.

체면치레 제대로 한 것 같아 기분 좋게 귀가했다. 하지만 창하와 채린은 바로 다시 만나야 했다. 겨우 잠든 첫새벽, 악몽의 사건이 터진 것이다.

띠롱따로롱.

어둠 속에서 창하 핸드폰이 울렸다. 잠결에 눈을 떴다. 핸드폰 시계는 무려 새벽 3시 20분이었다.

'비상인가?'

공무원이 되고 나니 비상호출에 민감하다. 전화를 건 사람은 백 과장이었다.

—이 선생?

"예, 과장님."

잠결이라 목청을 다듬으며 답했다.

—미안하네만 좀 나와줘야겠네.

과장의 목소리가 무거웠다. 굉장한 사건이군. 창하의 촉이 우수수 일어섰다.

"알겠습니다."

군말 없이 콜을 받았다.

—회사로 오지 말고… 경찰에서 연락이 갈 걸세. 사건 현장에서 보세나.

딸깍!

과장 전화가 끊겼다.

'현장?'

잠깐의 정적 뒤에 다시 벨이 울렸다. 이번에는 채린이었다.

—선생님.

"팀장님?"

—연락받으셨죠?

"예."

—죄송합니다. 선생님을 찾는 사건이 생겼습니다. 홍대 앞으로 좀 와주셔야겠어요.

"저를 찾는다고요?"

—아무래도 선생님이 오셔서 직접 보셔야 할 것 같습니다.

"알겠습니다."

강철 미녀 채린조차도 목소리가 석고처럼 굳었다. 대체 무슨 사건이길래? 설마 미궁 살인의 재현? 잡다한 생각을 하며 옷을 챙겨 입었다. 겨우 잠든 까닭인지 사지 관절마다 묵직한 피로감이 맺혀왔다. 주스 한 병을 욱여넣고 집을 나섰다.

새벽 도로는 한산했다. 딱 홍대 근처까지만. 홍대 앞의 사정은 달랐으니 이 시간에도 불야성이었다. 이대, 돈암동, 종로를 거쳐 유흥의 끝판왕이자 유행의 끝판왕으로 자리 잡은 홍대 앞. 이면도로로 접어드니 조금 어두워지나 싶더니 다시 불야성이 나왔다. 여기는 경찰차의 경광등이 이룬 불야성이었다.

"국과수 검시관입니다."

주변을 통제하는 경찰관에게 신분증을 보이고 조금 더 진행했다. 저만치 채린과 백 과장의 모습이 보였다. 폴리스 라인은 이미 쳐졌다. 경찰 수십 명이 칼날 긴장 상태다. 채린의 양팔로 불리는 배 경위와 은수미 경사도 분주해 보였다.

보통 사건이 아니군.

호흡을 고르며 시동을 껐다.

"과장님."

창하가 백 과장에게 다가섰다.

"이 선생님."

채린이 먼저 반응을 했다.

"왔나?"

백 과장도 시선을 준다. 그사이에 당직 검시관을 맡고 있던 권우재도 합류를 했다. 이때까지만 해도 권우재가 왜 온 것인지 잘 몰랐다.

"뭡니까?"

권우재가 채린에게 물었다.

"일단 들어가시죠."

채린이 건물을 가리켰다. 중심 길에서 갈라진 샛길 도로. 그 후면의 4층 빌딩이었다. 4층은 사람이 살고 나머지는 사무실이다. 사건 현장은 연극 동아리나 가수들의 연습실 내지는 간이 공연장으로 쓰이는 곳이었다.

채린이 들어서자 과학수사센터 현장 팀이 길을 내주었다. 채린의 발은 창가의 작은 문 앞에서 멈췄다.

"여깁니다."

문을 민다. 피 냄새와 함께 안쪽 풍경이 드러나기 시작했다.

"……!"

먼저 들어선 백 과장이 출렁 흔들렸다. 창하 역시 시선을 세웠다. 휴식처로 쓰는 방 같았다. 넓은 침대 위. 두 명의 여자가 숨져 있었다. 한 여자가 아래, 또 한 여자는 그 위에 엎어진 상황. 둘 다 속옷 차림이다. 애무라도 하던 참인지 속옷은 엉망이었다.

거의 전라의 두 여자. 머리와 손 위치를 중심으로 하얀 침대를 적셔 나간 붉은 선혈이 기묘한 대조를 이루는 그곳.

총상.

단번에 감이 왔다.

미국과 달리 한국에서의 총상은 심각하다. 채린이 창하를 호출할 만한 일이었다. 권우재까지 달려온 것도 이런 이유였다.

하지만!

진짜 팩트는 그다음에 나왔다. 한 발 다가선 채린이 창하에게 눈짓을 보냈다. 위쪽에 엎어져 숨진 여자의 히프였다. 그 히프에 글자가 있었다. 모두 더해서 여섯 글자. 붉은 립스틱으로 쓰여진 글자는 놀랍게도 창하의 이름이었다.

「이창하 검시관!!!」

핏빛처럼 붉은 도발.

이것은 무슨 뜻일까?

*　　　*　　　*

경찰 현장 팀이 창하를 보며 수군거린다. 채린이 눈짓을 하자 다들 고개를 돌린다. 창하의 시선은 글자에 꽂혔다. 범인이 남긴 것이 분명했다.

"뭐야? 범인이 우리 이 선생 보라고 남긴 거야?"

권우재 미간이 확 일그러졌다.

"무슨 뜻이지?"

백 과장도 창하를 돌아본다.

"저희 판단에는 아마도 범인의 치기인 것 같습니다. 이 선생님에게 보내는 메시지죠. 자기를 잡아보라는……."

채린의 설명이 나왔다.

창하의 시선이 실내를 탐색해 나갔다. 간이 숙소다. 밖의 연습실에서 연습을 하다 늦으면 잠을 자는 곳이다. 시설들이 그랬다. 침대 구석에 재떨이가 보였다. 다양한 담배꽁초만 무려 20여 개에 달했다. 침대 여기저기 머리카락도 보였다.

'레즈비언…….'

창하는 알았다. 이 애무 장면은 범인이 연출한 게 아니다. 애무 중에 들이닥쳐 살인 행각을 벌인 것. 그러나 검시관은 상황 따위에 현혹되지 않는다. 그 본분은 오직 주검의 진실을 밝혀내는 것.

'총상…….'

창하 눈자위가 실룩 구겨졌다.

두 여자의 머리에 총상이 있었다. 소위 말하는 원 샷 원 킬이었다. 전쟁터도 아니고 서울 한복판의 총기 살인. 게다가 한 명도 아니고 두 명…….

더 심각한 건 손가락이었다. 두 여자의 엄지가 잘렸다. 관절을 기막히게 베어냈다. 이 또한 외과의에 버금가는 솜씨였다. 창하의 우려는 과정에 있었다. 손가락 부위에 엄청난 출혈이 있었다. 그러니까 심장이 뛰는 동안에 잘랐다는 뜻이었다.

'전리품?'

총기에 더해 인체의 일부를 베어내는 것. 창하의 이름과 상관없이 몹시 심각한 일이었다.

"직장온도로 보아 사망 시각은 2~3시간 전이에요. 연습 마치고 근처에서 술을 마시던 멤버 하나가 소품을 가지러 왔다가 발견했어요."

직장온도는 사후 5시간까지 대략 1시간에 1도씩 떨어진다. 경찰 현장 감식 팀도 그런 것에 능숙하니 오차는 있을 리 없었다.

백 과장이 먼저 둘의 외표를 살폈다.

"보시죠."

백 과장의 검사가 끝나자 창하가 권우재의 등을 밀었다. 선임 대접을 하는 것이다. 그까지 시신을 보고 나니 창하 차례가 되었다. 외표부터 바라본다. 신체에는 그 어떤 상처도 없었다. 저항하지 않았거나, 저항할 여력도 없었다는 뜻이다.

"……!"

사입구를 보던 창하의 오감이 오싹 반응을 했다. 둘의 사입구와 발사 각도가 똑같았다.

'관자놀이…….'

다른 것은 위치였다. 위에 있던 여자는 오른쪽을 맞았고 아래의 여자는 왼쪽 관자놀이를 맞았다. 총상은 접사였다. 관자놀이에 총구를 대고 당겼다. 검댕과 화약 연기만 봐도 알 수 있었다. 이 위치라면 총알은 양쪽 눈을 관통하며 진행한다. 해부학적으로 그렇다. 그런 다음 눈 주위의 장애물을 박살 내고 전두엽에 꽂힌다. 반대편에 사출 부위가 보이지 않는 것이 증거였다.

하필이면 전두엽.

죽는 사람에게는 더욱 악몽이다.

탕!

창하가 상상의 총알을 발사한다. 총알이 머리에 박힌다. 이때 사람들 머리에 그려지는 단어는 즉사다. 하지만 총알이 머리를 관통한다고 해도 즉사하지 않는다. 즉사하려면 자율신경의 중추인 뇌간을 관통해야 한다. 그렇지 않으면 혼수상태로 호흡이 잠시 유지된다.

사망자들의 경우는 전두엽이다. 총알이 박히는 순간 의식이 흐려진다. 동시에 이스트가 발효되는 빵 반죽처럼 뇌가 부풀기 시작한다. 그 시간 동안 어마어마한 통증이 온몸으로 번져간다. 아무것도 할 수 없지만 고통만은 고스란히 자각한다.

적어도 15분.

피살자는 온몸이 녹는 듯한 통증에 시달리다 숨을 거뒀을 것이다.

'총기는 22구경…….'

첫 피살자를 건너 두 번째 피살자 시신을 살폈다. 그녀의 사입구도 똑같았다. 완전히 그랬다.

"대체 무슨 일이야? 원 샷 원 킬의 총기 범죄라니… 피살자들이 여자니 중대 범죄에 연루된 것 같지도 않은데……."

권우재가 중얼거렸다. 남자들이 죽었다면 치정 살인을 의심할 수도 있었다. 남자들은 의외로, 삼각관계에 약하다. 자신의 여자에 대한 집착이 강하니 더러는 물불 가리지 않고 살인을 저지르는 경우도 있었다. 그러나 이들은 동성애자. 여자의 질투가 총기 살인까지 이어지는 경우는 거의 없었다.

"범인이 총기 전문가 같지?"

백 과장이 의견을 보태놓았다.

"선생님 생각은요?"

채린이 창하를 바라보았다.

"제 생각은……."

두 피살자를 바라보던 창하, 천천히 남은 말을 이어놓았다.

"완전한 프로페셔널입니다."

"예?"

채린의 눈빛이 튀었다. 창하의 뉘앙스는 전문가 위의 전문가라는 의미였다.

"그 정도예요?"

그녀가 묻는다.

"원 샷 원 킬… 이것만으로도 전문가의 반열에 올려놓을 수 있죠. 하지만 진짜 전문가라면 뇌간을 관통해야 합니다. 뇌간을 맞으면 단숨에 즉사니까요. 그런데 전두엽을 계산하고 쐈어요."

"그럼 S급 프로페셔널은 아니지 않나요?"

"아뇨. 그 위의 프로입니다. 두 여자가 고통을 느끼길 바라고 쏜 거니까요. 뇌간을 쏘면 즉사하니 전두엽을 쏘고 고통을 즐긴 거예요."

"……!"

"출혈을 보면 알 수 있죠. 머리에서 나온 혈액이 상당하잖아요? 뇌간을 맞았다면 즉사, 곧 심장이 멈추니 출혈이 많지 않았을 겁니다. 그러나 뇌간이 아니기에 이렇게……."

창하의 손이 흰 침대를 물들인 혈흔을 가리켰다.

"그것까지 계산할 수가 있는 건가요?"

"그 증거는 이 립스틱 글자입니다."

"……?"

"제 이름이라 언급하기 뭣하지만 일종의 과시죠. 나는 이런 사람이야."

"그렇다면 이 여자들과는 원한 관계가 아니라는 건가요?"

"그건 모르겠습니다. 두 가지를 다 노린 것일 수도 있죠. 동성애 혐오자나 여성혐오자……."

"그럼 사이코패스?"

채린이 긴장 모드로 들어갔다. 치밀한 계획과 엽기적 대담성이 엿보이는 현장. 게다가 사회적 약자인 두 여성. 사이코패스의 경향과 부합하는 조건들이었다.

"그럴 가능성이 높습니다. 자신의 목적을 달성하면서 과신도 하는… 만약 그렇다면 진짜 골치 아픈 사건이 되겠네요."

"그럼 저 꽁초와 이 머리카락들……."

채린이 방 안 풍경을 가리켰다. 창하가 재떨이로 다가섰다.

"이 여자들 소지품은 검사했나요?"

"한 여자가 담배를 피워요."

"그런데 여기 꽁초는 최소한 아홉 종류로군요. 게다가 꽁초의 길이가 제각각이니……."

"설마 페이크?"

"그럴 가능성이 높네요. 꽁초도, 머리카락도 수사의 혼선을 노린. 그걸 즐기려는……."

"미친……."

찰칵!

경찰 현장 팀과 상관없이 사진 한 장을 찍었다. 총상에 더해 시신의 히프에 쓰인 창하 이름이었다. 누군지 모르지만 대놓고 들어온 도발. 거부할 수도 없었다.

'22구경 권총에 관자놀이 겨냥…….'

창하의 머리가 빠르게 회전했다. 다른 건 페이크라고 해도 족적은 숨길 수 없기 때문이다.

"여길 기준으로 족적을 추적해 주세요."

발사 각도를 계산해 발의 위치를 잡았다. 채린에게 남기는 특별한 주문이었다.

"건물 출입구에는 CCTV가 없습니다. 2층에 입주한 사람들이 사생활에 방해된다고 항의해서 건물주가 치웠다네요."

주변 수사를 마친 은 경사가 채린에게 보고를 해왔다.

"차량이나 다른 건물은?"

"차량은 차주들을 찾고 있는데 건물 뒤편으로 통로가 나 있어서……."

"통로?"

"예, 일명 개구멍이라는데 사람 한 명이 지나갈 수 있습니다. 그리 드나들면 차량 블랙박스에도 찍히지 않았을 수 있습니다."

"치밀하군."

"……."

"일단 피살자들 핸드폰 포렌식 하고 족적 동선부터 채취해. 주변 CCTV, 블랙박스, 뭐든 거둬서 분석 들어가고."

채린의 지시가 떨어졌다. 주변 원한 관계나 연습실 멤버들, 건물 사람들 수사는 관할 경찰서 강력 팀이 수사에 착수했다.

현장 채증이 진행되는 동안 창하와 국과수 팀은 한발 물러나 있었다. 현장 팀은 연습실 안을 이 잡듯이 뒤졌다. 우선은 탄피를 찾아야 했다. 탄피는 끝내 나오지 않았다. 당장은 목격자 소득도 없었다. 창하의 판단대로 22구경이라면 소리도 크지 않았다. 만에 하나 소음기라도 부착되었다면 쥐도 새도 모를 수 있었다. 사건 당시 연습실에 남은 건 피살당한 여자 둘. 범행 솜씨와 대담성으로 보아 목격자에게 들킬 가능성은 없었다.

사안이 중대하니 경찰청 범죄 수사 담당관과 중대 범죄 수사과장이 현장으로 달려왔다. 인근 경찰서의 형사과장도 나왔다.

"현장 수사는 끝났습니다. 시신은 곧 국과수로 이송해 드리겠습니다."

1차 현장 정리를 끝낸 채린이 백 과장에게 말했다. 느닷없이 창하를 걸고넘어진 총기 살인. 이제 공은 국과수로 넘어왔다.

끼익!

국과수 주차장에 창하 차가 멈췄다.

"어?"

차에서 내리던 창하가 눈빛을 세웠다. 원빈과 광배가 보인 것이다. 그것은 곧 이 부검이 창하에게 배정되었다는 의미였다.

"선생님들?"

"마시세요."

원빈이 꿀차 한 잔을 내밀었다.

"두 분도 새벽 출근 한 거예요?"

차를 받으며 창하가 물었다.

"아니면요? 또 선생님 혼자 하시게요?"

광배가 괜한 눈치를 준다.

"뭐 그건 아니지만… 정보가 빨라서요."

"왜 이러세요? 우리도 국과수 정직원이거든요."

"아, 네. 죄송합니다."

"총기 사고라고 하던데 맞아요?"

"그렇습니다. 제가 현장에서 오는 길이에요."

"아, 우리 이 선생님, 너무 유능해도 안 좋네. 온갖 사건마다 불러대니……."

"오늘 사건은 그럴 만했어요."

"왜요? 오늘 당직은 권 선생님이었는데?"

"들어가 보시면 알아요."

창하가 앞서 걸었다.

사무실 불을 켜고 생각을 가다듬었다.

총상.

방성욱의 경험치에는 그게 많았다. 미국이 총기의 나라인 덕분이었다. 그렇기에 과도하도록 쌓인 총기와 마약 사건들. 그러니 범인이 누구건 사람을 잘못 본 셈이었다.

22구경…….

창하는 기억 속에 담아둔 사입구를 떠올렸다. 착각이 아니라면 범인은 22구경을 썼다. 22구경은 대개 초보나 여자들이 선호한다. 작은 만큼 위력도 약하다. 동시에 격발음도 약하다.

오죽하면 22구경은 총알 때문에 죽는 게 아니라 총에 맞았다는 충격 때문에 죽는다는 말이 나올까?

범죄 조직원들은 대개 38구경이나 45구경을 선호한다. 그러나 진짜 프로페셔널이라면 22구경도 상관없다. 몸에 지니기 편하다는 장점도 있기 때문이다.

범인은 둘을 죽였다. 총을 쏘고 탄피도 회수해 갔다. 어느 구석에선가 나올 수도 있지만 현재의 팩트는 그랬다.

—선생님.

생각하는 사이에 원빈의 전화가 들어왔다. 시신이 도착한 모양이었다.

"준비해 주세요. 바로 갑니다."

수화기를 놓고 일어섰다. 군 총기 의문사와는 완전히 다른 상황. 창하의 걸음도 바빠졌다.

부검실은 레디 상태였다. 안에는 백 과장과 권우재도 들어와 있었다. 채린과 담당서 강력 팀장도 참관을 한다. 원빈과 광배는 다른 날과 달리 바짝 굳었다. 부검 준비를 하는 과정에서 시신의 엉덩이에 쓰인 립스틱 글자를 본 것이다.

"선생님."

광배의 주름살이 배로 늘어났다. 그의 기억에 든 나쁜 기억 때문이었다. 단 한 번 미국 연수를 다녀온 광배. 캘리포니아 검시관에 얽힌 살인사건이 떠오른 것이다. 거기 유능한 여자 검시관이 있었다. 연쇄살인범은 그녀에게 연락하는 걸 좋아했다. 그 방식이 살인이었다. 범인은 자기과시에 사로잡힌 사이코패스. 여섯 건의 연쇄살인 후에 범인이 검거되었지만 검시관은 사표를 내고 말았다. 정신적 충격을 이기지 못한 것이다.

"괜찮아요. 살인자도 별별 놈이 다 있는 거죠."

창하가 광배를 안심시켰다.

"뭐 진전된 거 없나요?"

라텍스 장갑을 밀착시키며 채린에게 물었다.

"희생자들 핸드폰 사진이에요."

채린이 사진 두 장을 꺼내놓았다. 액정에 립스틱 번호가 보였다.

[1]

[2]

단순한 숫자였다.

"과시이자 예고로군요?"

창하가 고개를 들었다.

"저희도 그렇게 판단하고 있어요. 1과 2를 적었으니 3과 4로도 가겠다는 뜻… 아니길 바라지만 총기 전과자와 사격 전문가들을 중심으로 범죄예측 시스템 가동해서 대비하도록 조치하고 있어요."

"제 생각인데……."

사진을 보던 창하가 남은 말을 이었다.

"총기 전과자가 아닐 수도 있습니다."

"그럴 수도 있지만 현실적으로는… 총기 전문가도 어려운 원 샷 원 킬이라……."

"과거의 연쇄살인을 보니 유 모 씨 건이 있더군요. 그때도 경찰은 범인이 해부학에 능통한 사람일 거라고 생각하며 수사망을 펼쳐갔죠. 하지만 잡고 보니 그는 해부학 근처에도 가지 않은 사람이었어요. 미국에서도 그런 경우는 셀 수도 없이 많지요."

"다른 나쁜 소식도 있어요."

"말해보세요."

"희생자들이 특별히 원한 산 일이 없다는 거요."

"진짜 나쁜 소식이군요."

"오면서 연락을 받았는데 재떨이의 담배꽁초와 머리카락은… 선생님 말대로 주워 온 것이더군요. 꽁초에서 나온 지문 분석 결과 주변으로 이어지는 화단에서 담배를 피웠던 사람들 것으로 밝혀졌어요. 피살자 한 사람 것을 제외하고요."

"그 주변에 CCTV가 없었겠죠?"

"……."

"아마 머리카락도 그럴 겁니다. 근처 미용실 쓰레기통을 뒤져서 가져왔을지도 모르죠."

"아무튼 그 화단 주변을 중심으로 한 CCTV 유무도 체크

중입니다."

"너무 실망하지 말자고요. 다행히 시신이 없는 범행도 아니니……."

창하가 외표 검사에 돌입했다. 처음부터 소득이 나왔다. 피살자의 머리카락에서 다른 사람의 것으로 보이는 머리카락이 나온 것. 원빈과 광배는 반색하지만 창하는 반응하지 않았다. 이 또한 페이크일 가능성이 높았다.

그 순간, CT 영상이 들어왔다. 그걸 체크하던 창하와 권우재, 숨을 멈추고 말았다. 두 여자의 입안에 뭔가 있었다. 작은 뼈와 쇠붙이였다.

'윽!'

창하의 긴장이 폭발 직전까지 올라갔다.

『부검 스페셜리스트』 5권에 계속…